1×∞《ワンバイエイト》
経験値1でレベルアップする俺は、
最速で異世界最強になりました！
3
Yutaka Matsuyama
著 マツヤマユタカ
絵 藍飴

メルア
アリアスの侍女。カズマとは少しずつ距離が縮まっており……
アリアス
アルデバラン王国の王女。隣国に到着し、国の再興を目指す。治癒魔法を使う。
カズマ・ナカミチ
本編の主人公。トラックに轢かれ、気づけば異世界にいた。あらゆるスキルが経験値1でレベルアップする。
登場人物紹介
CHARACTERS

エニグマ
カズマに興味を示す謎の人物。
ドニーク
犯罪組織「ロッソ・スカルピオーネ」の偉大なるドン。
レノア
アルデバラン王国第一師団参謀長の長子。父譲りの頭脳派。

第一章　急襲？

異世界に飛ばされた僕——カズマ・ナカミチは、何をやってもあらゆるスキルのレベルが経験値1で上がる。そのため、見知らぬ土地での生活やモンスターとの戦いなどを楽々こなせていた。

そんな僕は、ベルガン帝国に追われているアルデバラン王国の王女アリアスが、隣国のオルダナ王国まで逃げる旅に同行することになる。

帝国軍は強く、何度も危機に陥《おちい》ったが、バーン商会の次期当主・アルフレッドたちの協力もあり、無事にオルダナ王国へとたどり着いた——


「もう！　嫌になっちゃうわ！」

アリアスはオルダナ王国に用意された居館の自屋に戻るなり、持っていたポシェットを怒りに任せてソファーに叩《たた》きつけた。

ポシェットはソファーの弾力によってポーンと跳《は》ね上がり、次いでポトリと床に落ちた。

部屋に控えていた侍女のルイーズが素早くそれを拾い上げると、アリアスは少し落ち着きを取り戻したのか、優しく語りかけた。

「ごめんなさい、ルイーズ。ちょっと頭にくることがあって」

ルイーズは笑みを浮かべながら頭を下げた。

「いいえ、殿下。お気になさらないでください」

そして、ポシェットを所定の位置にしまうため、続きの間《ま》へと静かに歩いていった。

アリアスはその背中を見送ると軽くため息を吐《つ》き、ゆっくりソファーに腰を下ろし、

「……どう思う、カズマ？」

と、対面のソファーに腰を下ろそうとする僕に問いかける。

僕はソファーに身体を沈めながら答えた。

「難しいと思う。若い貴族たちと違って、年齢の高い大貴族の多くは乗り気じゃないみたいだし」

「そうね……問題はそこよね。特にあのゴート公爵《こうしゃく》……彼が一番厄介《やっかい》だわ」

僕たちがオルダナ王国の首都ミラベルトへとたどり着いて早三か月。

アルデバラン王国の再興計画は、一向に進展していなかった。

それというのも、血気盛んな若い貴族たちはともかく、老練な大貴族たちは強大なベルガン帝国と事を構えることを良しとせず、アルデバラン王国再興の兵を挙げることに反対していたからだ。

中でも、王宮で最も強い発言力を持つとされるゴート公爵の存在が、最大の障壁となっていた。

「ゴート公爵って、オルダナでも一番の大貴族なんだよね？」

僕の問いに、アリアスが苦々しげな顔をする。

「ええ。オルダナ王国建国時に、初代王の右腕として活躍した知勇兼備の豪傑《ごうけつ》が興《おこ》した家らしいわ。以来ずーっとオルダナ最大の貴族として王宮に対する影響力を持っているの。特に当代のゴート公爵は長女を王弟に嫁《とつ》がせているくらいだから、その発言力は絶大なのよ」

「う～ん、味方につけられたら、逆に物凄《ものすご》く頼りになりそうだけど……」

「無理ね。ゴート公爵は反対派の筆頭だもの。それに……」

アリアスは途中で言葉を打ち切るとうつむき、深く考え込んだ。

僕は彼女の邪魔をしないよう黙りこくった。

アリアスの悩みは尽きないな。

僕が少しだけ視線を上げると、アリアスの背後に大きな窓があった。

その窓枠が先ほどからガタガタと音を立てて震えている。

窓の外では風が吹き荒れているのだ。

聞くところによると、強い嵐が近づいてきているらしい。

僕は震える窓を見つめながら、現実に立ちはだかる暗雲を思い、陰鬱《いんうつ》な気分に侵されていく。

そこへ、もう一人の侍女のメルアが、お盆にお茶を載せてしずしずとやってきた。

メルアはできるだけ音を立てないように気を遣いつつ、ソーサー付きのティーカップを二客、テーブルの上に置くと、一歩下がって深く一礼した。

僕が目を合わせて軽く会釈《えしゃく》をしたら、彼女はニコリと笑みを見せ、静かに下がっていった。

アリアスの思索はまだ終わっていない。

僕はどうしようかと少し迷ったものの、黙って待つことにした。

窓枠は相も変わらずガタガタとリズミカルに震えている。

そのとき、風の重みに耐えかねたのか、突然窓が大きな音を立てて勢いよく開いた。

アリアスは突然のことにビクッと身体を震わせた。

それも当然だろう。僕だって物凄《ものすご》く驚いたのだから。

僕はスッと立ち上がり、窓に向かいながら、怯《おび》えるアリアスに向かってできるだけ優しく言った。

「大丈夫。風で窓が開いただけだよ」

僕は外からの激しい風を顔に受けつつ窓を閉めた。

「鍵がちゃんとかかってなかったみたいだね」

ここで、ようやくアリアスの顔に笑みがこぼれた。

「そう……ちょっと驚いちゃったわ」

「ちょっと？　物凄《ものすご》く驚いたように見えたけど？」

僕がからかうように言うと、アリアスは少し顔を赤らめた。

「そんなことないわよ。ちょっとよ、ちょっと」

アリアスは右手の人差し指と親指のあいだを少しだけ開けた。

「じゃあ、そういうことにしておくよ」

僕がそう言って笑うと、アリアスは軽く肩をすくめた。だが、すぐに笑みを収める。

「ギャレットはずいぶん苦労しているようね？」

ギャレットとは、アリアスの護衛隊長のことだ。

「そうみたいだね。今朝会ったときですでに疲れ切っているように見えたし。もっとも、ギャレットさんは『疲れてなんかおらん』って言っていたけど」

僕は途中声を低くし、ギャレットのモノマネをしてみたものの、アリアスはくすりともしなかった。

「そうね……駆けつけてくれた兵たちの再編で忙しくしているようね」

アリアスの言う通り、オルダナ王国に彼女が現れたという報が広まったことで、アルデバランの生き残った兵たちが艱難辛苦《かんなんしんく》を乗り越えて、続々と駆けつけてきてくれている。

だが当然のことながら、彼らの元の所属はバラバラであり、また兵は日々集結してくるため、再編は困難を極めていた。

ギャレットは、日がな一日このことに忙殺《ぼうさつ》されていた。

それはそれとして、僕の渾身《こんしん》のモノマネをスルーしなくたっていいじゃないか。

僕は少しだけムスッとして窓の外を見つめた。

風は先ほどよりだいぶ威力《いりょく》を増してきたように思える。

まもなく嵐が来る。それも、激しく強い嵐が。

しかも、アルデバランからオルダナを目指すという、今思えば単純明快な脱出劇とは違い、実に怪奇にして複雑な迷路をさまようようなものになるのではないだろうか。

僕はなぜかそんな不安に駆られ、またも暗澹《あんたん》たる思いに沈んでしまう。

「バーン商会のみんなは、上手くやってくれているのかしら？」

ありがたいことに、アリアスが話題を変えてくれた。

「やってくれていると思うよ。ガッソさんがグランルビーの値崩れを起こさないように、各国を巡って上手く売り抜けているって聞いたから」

そう、今バーン商会の重鎮であるガッソは各国を渡り歩いて、方々でグランルビーを売りさばいている。

様々な国で売るのには理由があった。一か所で一気に大量に売ってしまうと、その国でのグランルビーの価値が急速に下がってしまう。さらに、その情報は他の国にも伝わり、世界中で市場価値が暴落してしまう恐れがあったのだ。

「あと、アルフレッドは今はアルデバラン東部の港にいるんだってね。アルデバランの兵たちを船に乗せて、オルダナに運んでいるんでしょ」

アルフレッドがいるのは、アルデバラン東部にあるデガローという港町だった。

オルダナとアルデバランは国境を接してはいるものの、陸路で行くには狭いシヴァールの関所を通らなければならない。だがそこにはベルガン帝国が多くの兵を残しているため、アルデバランの残兵《ざんぺい》は国境を通れなかった。

かといって北にはベルガン本国があり、南には敵対国のアストランドがある。

そこで、アルフレッドは港町デガローに目をつけた。

ベルガンの目は西に向いている。東のデガローに対しては警戒が緩《ゆる》いだろうという考えだ。

事実デガローにはほんのわずかなベルガン兵しか駐屯していないらしく、順調に事は進んでいるらしい。

突然、ガタガタと大きな音が室内に響いた。

どうやらさらに風が増しているようだ。

アリアスは眉《まゆ》をひそめ、ため息交じりに呟《つぶや》いた。

「嫌な風ね……なんだか気が滅入《めい》るわ」

僕は軽く笑みを浮かべ、うなずいた。

「そうだね。実は僕もさっきから、ちょっと気分が暗いんだ」

「そう……カズマにしてはめずらしいわね？」

「……そうかな？」

「ええ。カズマはいつも明るくて朗《ほが》らかな印象があるわ」

僕は軽く首を傾《かし》げた。

そうかなあ？　僕ってそんな感じなのかなあ？

僕はなんとなく納得がいかない気分となり、口をへの字に曲げた。

「あまりくどくど話していてもしょうがないわね」

アリアスは両腕を上げて指をからめ、上半身を伸ばしながら言った。

そして腕を下ろすと、ため息を吐《つ》く。

「もう寝ましょう」

「そうだね。おやすみ」

僕は笑みを浮かべて言った。

「ええ、おやすみ」

アリアスはソファーから立ち上がり、続きの間《ま》へと歩いていった。

僕はカップに残ったお茶を啜《すす》る。

そしてお茶を飲み干したところで、続きの間《ま》から顔を出したメルアに言った。

「ごちそうさま。美味《おい》しかったよ」

「どういたしまして」

メルアは、はにかみながら答えた。

僕は立ち上がり部屋を出ようとしたが、メルアが話したそうな素振りをしている。

「メルア、どうかした？」

すると、メルアが少しだけ顔を赤らめた。

「ううん！　なんでもないわ」

僕は首を軽く傾《かし》げた。

「そう。それならいいけど……」

すると、メルアが満面の笑みを咲かせた。

「うん！　おやすみなさい」

僕はまだ不思議な感じがしていたものの、返事をしないわけにもいかない。

「あ、うん、おやすみ……」

メルアは笑顔のままくるりと背を向け、続きの間《ま》に行ってしまった。

僕はその背を見ながら、もう一度大きく首を傾《かし》げた。

「なんか……変な感じ」

だが特に問題にするようなことでもないため、僕はアリアスの部屋を出て、隣にある自分の部屋へと戻った。

そして柔《やわ》らかなソファーに身を沈め、窓の外で吹き荒れているであろう風を見ようとした。

だが当然、風など見えやしない。ただ風に吹かれて揺《ゆ》らめく木々や、ガタガタと震える窓枠を見て感じ取るだけだ。けれどそれは、確実に存在する。

見えなくとも、風は確実に吹いている。

アリアスを取り巻く陰謀も、まだ姿を現していないだけで、確実に存在するはずだ。

僕はソファーから立ち上がり、そっと呟《つぶや》いた。

「もうすぐ嵐が来る」

そして、震えて悲鳴を上げている窓枠に向かい、またも呟《つぶや》いた。

「来るなら、たぶん今日だ」

僕はおもむろに窓を開けると、吹き荒《すさ》ぶ風を顔いっぱいに受けつつ、ギロリとあたりを睨《にら》みつけた。

一睡《いっすい》もしないまま、部屋に光が差し込んだ。

一羽の鳥が朝の訪れを祝ってなのか、それとも嵐が過ぎ去ったことを喜ぶためか、軽やかな音曲を唄《うた》いあげる。

僕はまばゆい陽の光に眉《まゆ》をひそめながら、鳥の甲高《かんだか》いさえずりをぼーっとした頭で聞いていた。

「……来なかった……」

僕の予想は外れた。きっと、嵐で足音がかき消されることを見込んで、敵が攻めてくると思っていたのに。

「……はあ……疲れた……気が張っていたからかな。なんか凄《すご》い疲れたな……」

僕は朝日が鋭く差し込む窓を閉めると、分厚く黒いカーテンを閉めた。

部屋が暗闇を取り戻したことで、急激に睡魔《すいま》が襲ってきた。

「……とりあえず寝よう……」

僕はのろのろとベッドに赴《おもむ》くと、そっと掛け布団を剥《は》がして、間に身体をするっと滑《すべ》り込ませた。

「……ふう……」

僕は大きなため息を一つ吐《つ》くと同時に、目を瞑《つむ》った。

そして、混濁《こんだく》した意識の中でハンモックに揺《ゆ》られるように、強烈な睡魔《すいま》に身を委《ゆだ》ねる。

……………ん…………う～ん…………

意識の外で、何やらガタガタと音が聞こえる。

なんの音だろう。
ああ、嵐か。嵐が窓を叩《たた》いているんだな。
そんなことをぼんやりと考えていると、今度は甲高《かんだか》い声が聞こえた気がした。
なんだろう？
考えても、頭が朦朧《もうろう》としていて考えがまとまらない。
だがそのとき、あることに気づいた。
あれ？　嵐はやんだはずじゃ……そうだ。嵐はもう過ぎ去っている。
じゃあ、このうるさい音はなんだ？
僕は瞼《まぶた》を開けようと試みた。
だが接着剤で貼りつけたかのように動かなかった。
身体も……動かない。
でも、なんだ？　……あの甲高《かんだか》い声は……聞いたことがあるような……
——メルアの叫《さけ》び声だ！
僕は瞼《まぶた》を開いて、飛び起きた。
くそっ！　疲れからか寝ぼけていた！
槍は？　蒼龍槍《そうりゅうそう》は……いや、室内なら槍より剣だ。

僕はベッド脇のテーブルの上に置かれた剣を掴《つか》むと、急いでドアに向かう。

間に合え！

僕は逸《はや》る気持ちを抑えてしっかりとドアノブを回すと、勢いよく開いて廊下へ飛び出した。

すぐ隣がアリアスの部屋だ。

僕は急カーブを描いて室内に飛び込み——目に入った黒装束の男の背中を、抜き放った剣ですかさず斬り裂いた。

断末魔の叫《さけ》びを上げる男に構わず、さらに別の黒ずくめの男を目がけて僕は剣を振るった。

男は慌《あわ》てて振り返り、剣を合わせようとするも、僕の剣の方が速い。

僕は振りかぶろうとする男の剣をものともせずに、胴《どう》を薙《な》いだ。

だが、それで終わりではなかった。

まだ敵は四人いる。いや、三人か？

一人は見たことのない少年のような顔をした男性で、アリアスたちの前に出て、三人の男たちに向かって剣を構えている。

彼は味方だ。

僕は瞬時に状況を把握《はあく》すると、三人の男たちに襲いかかった。

一番手前の男を一瞬のうちに袈裟懸《けさが》けに斬り捨てると、返す刀で向かってくる男を逆袈裟《ぎゃくけさ》に斬り上げた。

そして、最後に残った男の剣を難なく躱《かわ》すと、上段から一気に剣を振り下ろす。

しかしその瞬間、少年が叫《さけ》んだ。

「殺さないで！」

僕は咄嗟《とっさ》に膂力《りょりょく》を振り絞《しぼ》って剣を止めると、左足を力いっぱいに振り上げた。

僕の足の甲に、ぐにゃっという柔《やわ》らかい感触が伝わる。敵の股間《こかん》を直撃だ。

男は肺腑《はいふ》の中の空気を一瞬で吐《は》き出し、苦悶《くもん》の表情を浮かべて床の上に崩れ落ちる。

「みんな、無事だった⁉」

僕が慌《あわ》てて叫《さけ》ぶと、アリアスが安堵《あんど》の表情を浮かべてうなずいた。

「ええ、みんな無事よ……この方が助けてくださったの」

アリアスは、見知らぬ少年を手で指し示す。

すると彼は、少年らしい爽《さわ》やかで朗《ほが》らかな笑みを顔いっぱいに浮かべた。

「いやあ、君が来てくれてよかったよ。僕じゃ、とてもじゃないけど、この人たちには勝てなかったからね」

「いや、でも君がいてくれなかったら……」

少年は照れくさそうに頭をかいた。

「いやあ、時間稼ぎが精一杯さ。だから本当に君が来てくれてよかったよ。ありがとう」

少年は、僕に右手を差し出した。

僕は剣を左手に持ち替えて、その手を握った。

「ううん、こちらこそありがとう。僕はカズマ。カズマ・ナカミチ」

少年はまたも朗《ほが》らかに笑った。

「もちろん君の名前は知っているさ。英雄だからね。ああ、申し遅れた。僕はレノア。レノア・オクティスだ。よろしく」

レノアのあたたかな手を握ると、互いに笑い合った。

そして、なんとなく彼とは長年の友誼《ゆうぎ》を結ぶのではないかと、漠然《ばくぜん》と感じた。

「ところで、君はどうしてここに？」

僕の当然とも言える問いに、レノアがすかさず答えた。

「この男たちが殿下の部屋に侵入しようとしていたのでね、剣はあまり得意ではないが振るってみたのだよ」

僕は軽く首を傾《かし》げた。

「なんで部屋の前にいたの？」

アリアスの部屋に侵入しようとしている者を見たということは、はじめから部屋の前にいたことになる。

レノアは朗《ほが》らかな笑顔のまま答えた。

「おそらく、この時間に侵入者が現れるだろうと思ってね。待ち構えていたのさ」

僕は驚いた。この時間に？　嵐が過ぎ去って夜が明けたこの時間に？

「夜明けに来るって思ったの？」

レノアはうなずいた。

「敵が襲ってくるなら、誰もが嵐の最中だと思うだろ？　でもそんな当たり前の襲撃じゃ、英雄である君の防備を突破して殿下のところまではたどり着けない。これまでもそうだったんじゃないか？」

確かに、このオルダナ王国にたどり着いてから三か月、この間、僕らは幾度も敵の襲撃に見舞われた。

そのすべてを僕は退けてきたのだが、そのほとんどが大雨の日であったり風が強い日であったりしたと思う。

「うん。確かにそうだった」

「そうだろう？　それでこれまでダメだったんだ。敵だって考えるさ。そこへこの大嵐だ。となれば、この嵐が過ぎ去った後、最も気の抜けたところを攻め込もうと考えてもおかしくはない。というより、いい手だとは思わないか？」

これまた確かに……実際、僕は疲れ果てて眠りこけてしまったのだから。

僕は悔しくて首《こうべ》を垂れた。

「ごめん……寝ちゃってた……」

「そんなに落ち込まなくていいさ。実際君は間に合ったんだからね。気にしなくていいはずさ」

レノアが爽《さわ》やかに僕を励ました。

「ありがとう、レノア」

レノアが笑顔でうなずいたところで、アリアスが言った。

「事情はわかりました。ですが、あなたはなぜわたしの部屋の前まで来られたのですか？」

「はい。正確には部屋の前ではなく、この居館の陰に隠れておりました。すると、案の定敵が裏口から侵入していったものですから、その後を追い、殿下のお部屋の前まで来たところで敵に斬りかかったというわけにございます」

レノアが淀《よど》みなく答え、アリアスは納得の笑みを浮かべてうなずいた。

「そうでしたか。ありがとう」

するとレノアが突然床に片膝を突き、その膝の上に左手を置くと、右手を胸に当てて深々と頭を下げた。

「改めまして殿下、わたくしはアルデバラン王国第一師団参謀長、ギルア・オクティスが長子、レノア・オクティスと申します」

アリアスはレノアの父親の名前に心当たりがあったのか、目を見開き、次いで大きくうなずいた。

「ギルア・オクティスの子息でありましたか」

「はい。わたくしは父のもとで参謀としての勉強をしておりました」

アリアスが眉《まゆ》を曇《くも》らせる。

「おりました……と言いましたか？」

レノアは首《こうべ》を垂れたまま答えた。

「はい。父ギルア・オクティスは、ベルガン帝国との戦いにおいて、命を落としました」

アリアスはきつく瞼《まぶた》を閉じた。

「そうでしたか……オクティス参謀長も亡くなられてしまわれたのですね……オクティス参謀長は我が国随一の知将だと聞いています。そのような方まで……残念です……」

「殿下にそう仰《おっしゃ》っていただけて、父も草葉の陰で喜んでいるかと存じます」

「レノア・オクティス、本当によくやってくれました。あなたのおかげで、わたしは今こうしていられます」

アリアスは臣下の礼をしたままのレノアを、笑顔でねぎらった。

「もったいないお言葉にございます」

「あなたの働きに報《むく》いなければいけませんね。何がいいかしら……」

アリアスがどうしようかとあたりを見回すと、レノアが平伏したまままきっぱり言った。

「恩賞などは必要ございません」

「ですが……」

レノアはようやくここで顔を上げ、アリアスの顔を見つめた。

「その代わりと言ってはなんですが、殿下のおそばで働きたく存じます！」

それを聞いたアリアスの顔がパーッと明るくなった。

「まあ、それでは今後もわたしの力になってくださると？」

「はっ！　殿下のお許しがあるのでしたら、身命を賭《と》してお仕えさせていただきます！」

アリアスはうなずいた。

「よろしくお願いします。レノア・オクティス。頼りにさせてもらいます」

レノアも満面の笑みを浮かべて答えた。

「ははっ！　お任せあれ！」

僕は、やっぱり彼とは長い付き合いになりそうだと思うと同時に、彼の人となりが見られて、とても嬉しかった。

そのとき、僕が生かしておいた敵が息を吹き返したらしく、苦しそうにうめき声を上げた。だが、まだ意識が朦朧《もうろう》としているようだ。

その声を聞いて、レノアがすかさず動いた。

レノアはうつぶせに倒れている敵に素早く近づくと、懐《ふところ》からロープを二本取り出し、一本でその者を後ろ手に縛《しば》り上げ、もう一本を猿ぐつわとした。

僕は驚き、言った。

「そのロープはどうしたの？」

「こんなこともあろうかと思ってね。いろいろと用意してきたんだ」

レノアは、懐《ふところ》からさらに数本のロープを取り出して僕に見せた。

「ずいぶん用意周到だね」

「まあね。敵の数もわからなかったし、なにより……」

レノアはそう言いつつ、男を仰向《あおむ》けに転がした。

「敵の正体を知るためには捕らえる必要があると思ったのでね」

そして、男に向き直り、その肩をグイッと押した。

それが気付け薬代わりとなったらしく、男が完全に意識を取り戻した。

レノアは強い視線で男を睨《にら》みつけると同時に、冷静ながらも若干《じゃっかん》の温情がこめられた声音《こわね》で語りかける。

「拷問係《ごうもんがかり》に引き継ぐようなことはできればしたくない。なので、ここで答えてくれるとありがたい」

猿ぐつわを嵌《は》められた男が、数瞬の逡巡《しゅんじゅん》ののちにゆっくりとうなずいた。

レノアはうなずき返し、改めて男に問いかけた。

「君が誰に雇われたのか、僕が言う名前に心当たりがあれば、うなずいてほしい。いいかな？」

男はまたもゆっくりとうなずいた。

レノアはその動きを確認してから言った。

「ベルガン帝国の者に雇われたのか？」

男が静かにうなずいた。

僕はやっぱりと思った。

だがレノアはその答えを聞いて、にやりと笑った。

そして腰に差した短剣をゆっくりと抜き放ち、男の喉《のど》にピタリと当てる。

「それは嘘だね。君はベルガン帝国に雇われた者ではないはずだ」

え？　そうなの？

男が驚きの表情を浮かべた。その額には汗がじんわりとにじみ出てきている。

レノアの言ったことが当たっているのか？

僕が固唾《かたず》を呑《の》んで見守っていると、レノアが落ち着いた声音《こわね》で言った。

「ベルガンには専用の暗殺部隊がいくつもある。君たちのような民間を雇うはずがないんだ」

そして、短剣を持った右手をゆっくりと男の胸元へ持っていき、男の着ているシャツを破いた。

男の胸元を覗《のぞ》き込むと、そこには赤いサソリのタトゥーが鮮《あざ》やかに彫られていた。

「ロッソ・スカルピオーネ。それが、君の所属している組織の名前だよね？」

男はレノアから顔を逸《そ》らした。

レノアは構わず、呟《つぶや》いた。

「それにね、君たちは間違いなく殿下の命を狙ってきたけど、ベルガンはそうではないはずなんだ」

「えっ！」

僕は驚きのあまり、声が出た。

レノアが少し噴き出す。

「びっくりした？」

僕はうんうんと何度も首を縦に振った。

当のアリアスもこれには驚いたらしく、レノアに一歩近づいた。

「どういうことですか？　ベルガンはわたしの命を狙ってはいないと言うのですか？」

レノアは臣下の礼を誓ったアリアスの問いかけのため、軽く頭を下げてから素早く答えた。

「アルデバラン王国内に潜入しております部下からの報告によりますと、現在王国民はベルガン帝国の支配に対し、粛々《しゅくしゅく》と従っているとのこと。ですがそれは、王国民がベルガンに対し心から臣従したことを意味しません。彼らが大人しくしているのは、ひとえに王女殿下がご健在との報を受けたからに他なりません。彼らは、いつの日か王女殿下が軍を率いてアルデバランにお戻りになると信じ、軽挙妄動を控えているのです」

レノアの言葉に、アリアスの瞳がうるんだ。

「そうでしたか……ですが、それではベルガンは——」

アリアスの言葉をレノアが引き取った。

「ベルガンとしても、この状況はかえって好都合。支配状況が固まるまでは、殿下に対して暗殺者を送ることはないと思われます」

「なるほど。つまり、今現在は——ということですね？」

「はい。支配が固まれば、あるいは——ですが、今はベルガンは選択肢から外して問題ないかと思われます。ですので引き続き、この者が誰に雇われたのかを確かめたいと思うのですが、よろしいでしょうか？」

アリアスはすぐに冷静さを取り戻した。

「わかりました。あなたに任せます」

レノアはもう一度深々と頭を下げると、タトゥーの男に向き直る。

「そういうわけで白状してもらおうか。さて、君は一体どのオルダナ貴族に雇われたのかな？」

タトゥーの男はきつく瞼《まぶた》を閉じ、無言を貫く。

それを見て、レノアは軽く肩をすくめた。

「答える気はないってところかな？」

男はやはり無言であった。

すると、レノアが口の端を軽く上げた。

「じゃあ、僕が言ってあげるよ。ゼークル伯爵《はくしゃく》だろ？」

男の頬《ほお》がピクリと動いた。レノアはそれを見逃さない。

「やっぱりね。だと思ったよ」

レノアはすっと立ち上がると、侍女のメルアたちに向かって言った。

「すまないが、警備の者を呼んできてくれるかな？　彼に聞くことは、もうすべて聞けたから」

メルアたちは、ただちに部屋を出ていった。

僕はその背中を見送ると、レノアに問い質《ただ》す。

「全部聞き出せたっていうの？」

レノアは朗《ほが》らかな笑みを浮かべてうなずいた。

「そう、彼が知っているであろうことはね」

僕はアリアスと顔を見合わせると、さらに問いかけた。

「その、さっき言っていたゼークル伯爵っていうのは誰なの？」

「殿下を邪魔者と考えるオルダナ貴族の中で、最も急進的な輩《やから》だね」

「ゴート公爵ではなくて？」

レノアはうなずいた。

「ゴート公爵はこういう手は使わないだろうね。もちろん、殿下に対してよくは思っていないはずだがね」

「なんで、そのゼークル伯爵が雇い主だと思ったの？」

ここで、警備兵たちが慌《あわ》てて入室してきた。

そのため、僕の質問は一旦中断となった。

そして、タトゥーの男を警備兵たちが連れていったのを確認してから、レノアが口を開いた。

「さっきの質問は、なぜゼークル伯爵が雇い主だと僕が思ったか、だったね？」

僕がうなずくと、レノアは答えてくれた。

「それは当然、事前にその情報を得ていたからさ。実は、僕はここに来るまでにいろいろなところに配下の者を送り込んでいたんだよ。オルダナ貴族だけではなく、ベルガンにもね」

「配下の者がいるの？」

「ああ、いるよ。もちろん、元々は父の配下だった者たちだよ。でも父が亡くなったのでね、僕が引き継いだんだ」

「ああ、それでか……レノアは僕とあまり歳が変わらなそうなのに、配下がもういるんだね」

僕がうらやましそうに言うと、今度はレノアが問いかけてきた。

「君も配下が欲しい？」

「う～ん、どうだろう？　いてもあんまり意味はないのかな……」

「それは君が一騎当千《いっきとうせん》だからかな。部下を差配するよりも、一騎駆けでなんとかしてしまうタイプだものね」

「う～ん、確かに」

「ただ、今はそれでいいかもしれないけど、アルデバラン王国再興の軍を興《おこ》すとき、君には軍勢を率いてもらうことになるよ。だから、今のうちにその訓練はしておいた方がいいな」

「僕が軍勢を？」

「そりゃあそうさ。君は英雄であり、当然のことながら、その際には陣頭に立ってもらうことになるだろうけど、一騎駆けってわけにはいかない。となれば、君には将軍になってもらわなければね」

「僕が将軍だって!?」

僕は驚き、アリアスを見た。

だが、彼女は驚いた顔などしておらず、至極《しごく》当然といった表情でうなずいた。

「もちろんです。あなたには将軍として我が軍を率いてもらわなければなりません」

アリアスはそう言うと、レノアと顔を見合わせてうなずき合った。

僕は戸惑《とまど》い、しばしの間二の句が継げなかった。

僕が将軍……考えていなかったな。

確かに、誰かが軍を率いる必要があるし、今のところアリアスのもとに参集してくれた兵士たちの中に、将軍だった者はいない。だからといって、僕にできるだろうか……

僕が考え事に没頭《ぼっとう》していると、レノアが声をかけてきた。

「今は自信がないだろうけど、おいおい訓練していけば君ならできるさ」

僕は少しの間を置き、首を縦に振った。

「わかった。やってみるよ」

レノアは満面の笑みを浮かべる。

「ああ、そうしてくれ。訓練には僕も参謀として参加するから、安心して」

「うん。よろしく。それにしても、レノアは凄《すご》いな……」

しかし、レノアが小首を傾《かし》げた。

「何が？　君の方が凄《すご》いよ。殿下を敵中突破で救い出した英雄じゃないか」

「いやあ、僕は力任せで突撃しただけだよ。君のようにいろいろなところに部下を配置して、様々な情報を取ろうなんて思ってもみなかったよ」

「僕は頭脳労働が得意なのでね。お互い得意なことをしていくのが得策というものさ」

「なるほどね。ところで、レノアはいくつなの？」

「僕は十七歳さ。君の二つ上だね」

「そうなんだ。じゃあ、アリアスと一緒だね」

「わたしと同い年でこれほどの頭脳の持ち主がそばにいるというのは、とても心強いわ」

アリアスも感心したように言った。

「ありがたきお言葉にございます」

レノアは胸に手を当てて答える。

すると、アリアスがくすりと笑った。

「そんなに恐縮しないで。同い年だし、もっとくだけた感じでいいわよ。例えば、わたしとカズマくらいに」

レノアは肩を軽くすぼめた。

「さすがにそれは……わたしはまだカズマほどの活躍はしておりませんし……でも、多少くだけた感じがよろしければ、そうさせていただきます」

「ええ。ぜひそうして」

アリアスは笑みを漏らし、鷹揚《おうよう》に答える。

「わかりました」

レノアの返答にアリアスはこくんとうなずくと、少しだけ表情を引き締《し》めた。

「ところで、ゴート公爵ならこういう手は使わないだろうと言っていたけど、それはどうしてなの？」

レノアは、今度は胸に手を当てることなく答えた。

「ゴート公爵は悪辣《あくらつ》な顔つきをしていますが、ああ見えて実は質実剛健《しつじつごうけん》な人物です。先祖が英雄だったことに大変な誇りを持っていますから、暗殺という卑怯《ひきょう》な真似《まね》はしないと思います」

アリアスは笑みを浮かべた。

「そう。ゴート公爵の人物像からそう睨《にら》んだというわけね？」

「はい。対してゼークル伯爵はその真逆といえる人物です。なかなか男前な顔つきをしていますが、卑怯《ひきょう》なことも厭《いと》わないタイプです。当然のことながら、暗殺という手段をためらうことはないでしょう」

アリアスはレノアの説明を聞いて納得の表情となった。

「わかりました。では当面、最も気をつけるべき敵は、ゼークル伯爵ということですね？」

「はい。ゴート公爵とは正々堂々、真正面から対峙すれば問題ありません。ですが、ゼークル伯爵はそうではありませんので、警戒すべきはこちらとなります」

そうか。だったら……

「僕が行くよ」

突然僕が言い出したため、アリアスが驚いた。

「え？　行くって……どういうこと？」

だが、レノアは僕の言葉の意味がわかったらしく、にやりと笑ってみせる。

「それはいいかも。彼は卑怯者《ひきょうもの》らしく、今は宮中にいない。郊外の別荘に籠《こも》っているから、思い切りできるよ」

このレノアの発言に、アリアスがぎょっとする。

「まさか、ゼークル伯爵の別荘に討ち入るつもりじゃないでしょうね⁉」

僕は一旦レノアと顔を見合わせてから、アリアスに向き直った。

「まさかも何も、そのつもりだけど？」

「ちょっと待って！　本気なの？」

アリアスが戸惑《とまど》いながら僕に問いかけた。

僕は自信たっぷりに答える。

「もちろんだよ。災いの種を残しておく必要はないと思うし」

アリアスが憤然とした顔で、今度はレノアに向かって言った。

「あなたも止めないつもりなの？　相手はオルダナの有力貴族なのよ？　そんな相手に対して、わたしたちが討ち入ったなんてことが、王家や世間にバレたら、大変な騒ぎになるわよ!?」

レノアはにやりと笑みを浮かべた。

「大丈夫です。殿下のご心配には及びません。わたしが調べましたところ、ゼークル伯爵には――殿下の前では少々言いはばかられる趣味がございまして――」

「趣味？　言いはばかられるとは、どういうことです」

「殿下のお耳汚しとなりますので、どうぞご勘弁《かんべん》を。ともかく、我々がゼークル伯爵邸を襲撃しても大事に至る心配はございません。そこのところは、どうかこのわたしを信じていただけませんでしょうか」

すると、アリアスがため息を吐《つ》いた。

「ふう～、仕方ないわ。でも、くれぐれも気をつけてよ」

「大丈夫だよ。僕の力はアリアスが一番知っているでしょ？」

僕はまたも自信たっぷりに答えた。

「……まあ、そうだけど……」

アリアスが不承不承《ふしょうぶしょう》ながらも納得したと見たのか、レノアがさらに僕に向かって言った。

「ただ、その前にもう一つやることがあるよ」

「もう一つ？　なんだろう？」

僕は何かわからなかった。

レノアはふふんと鼻を鳴らした。

「ロッソ・スカルピオーネを壊滅させるのさ」

ああ、確かに。

僕が納得の顔をしていると、アリアスが目を剥《む》いた。

「ちょっ！　ちょっと待ちなさい！　それって、さっきの男が所属している組織じゃないの？」

レノアは悪びれずに答えた。

「ええ。殿下の暗殺を請け負った不届きな犯罪組織です」

「その壊滅って……危ないじゃない」

レノアがすかさず笑みを湛《たた》えて反論する。

「ベルガン帝国最強と謳《うた》われるグリンワルド師団がひしめく中を突破する方が遥《はる》かに危険かと」

「それは……そうかもしれないけど……」

アリアスがピクっと頬《ほお》を引きつらせた。

レノアがさらに畳《たた》みかける。

「殿下、カズマは油断さえしなければほぼ無敵です。このわたくしもついておりますので、どうぞご安心を」

そして、わざと大仰《おおぎょう》に胸に手を当て平伏した。

「わかったわ。でもくれぐれも無茶はしないで。いいわね？」

アリアスは不機嫌な表情を浮かべたものの、不承不承《ふしょうぶしょう》うなずいた。

「はい。お約束いたします」

凄《すご》いな。アリアスの扱い方をもうよくわかっている。

やっぱりレノアは頭がいい。

僕がそんなことを思っていると、レノアが僕の顔を覗《のぞ》き込んできた。

「う〜ん、どうやら君は、もう一つしなければならないことがありそうだね」

え？　もう一つ？

アリアス暗殺を依頼したゼークル伯爵、その依頼を請けたロッソ・スカルピオーネ。

ベルガン帝国はこの件には関係ないって言ってたし……

他にまだ何かあったっけ？

僕が首を傾《かし》げていると、レノアが苦笑した。

「寝ることだよ。君、徹夜でほとんど寝てないんだろ？　寝不足じゃ、さすがの君でも力は落ちる。だから、すぐにでもベッドに潜り込んで睡眠《すいみん》をとってくれよ」


「おはよう……あ、もう昼過ぎか」

僕が自分のベッドから身体を起こし、すぐにアリアスの部屋に赴《おもむ》いたところ、侍女のメルアと出くわした。そこで咄嗟《とっさ》に挨拶《あいさつ》をしたのだが、時間を考えるとなかなか間抜けなものになってしまった。

でも、メルアは楽しそうに、そして可愛《かわい》らしく笑った。

「たっぷり寝られましたか？」

メルアが上目遣いでいたずらっぽく言う。

僕は照れ隠しに軽く頭をかいた。

「うん。充分寝られたよ」

「そう。それはよかった。でも気をつけてくださいね」

「えっ、何が？」

心当たりがない僕が問い返すと、メルアがまた可愛《かわい》らしく笑った。

「これから危ないところへ行くんですよね？」

僕はこれから行く予定のところを思い出した。

「ああ、そうか。でも大丈夫だよ。大した相手じゃないと思うし」

すると、メルアは少しだけ真面目《まじめ》な顔で、人差し指を一本僕の目の前に立てた。

「カズマさんが強いのはわかっています。けれど、だからといって油断したら危ないですよ？」

「うん。わかった。決して油断せず、相手を侮《あなど》ることなく行くよ」

「ならいいです」

メルアが満面の笑みを浮かべる。

そこへアリアスが続きの間《ま》から、レノアとギャレットを伴って現れた。

「カズマ、もういいの？」

僕は力強くうなずいた。

「もう大丈夫だよ。たっぷり寝られたから」

「そう、ならいいけど……」

アリアスはまだ心配そうであった。

だが、すぐにレノアがそれを打ち消した。

「殿下、どうぞご心配なく。カズマにはわたくしがついておりますので。それに、我らが不在の間はギャレット氏が万全の体制で殿下を警護してくださいますので、こちらもどうぞご心配なく」

ギャレットは、自分の胸を力強く叩《たた》いた。

「殿下、どうぞご心配なく！　不肖《ふしょう》このギャレット、我が命に替えましても、殿下をお護《まも》りいたします！」

どうやら、僕が寝ている間にレノアがいろいろと手配してくれたようだ。

ギャレットとのコミュニケーションも取れているようだし、やっぱり心強いな。

「準備はいいかな？」

レノアが僕に向かって笑みをこぼした。

「もちろん！」

僕は即答した。

「では出発するとしよう。ロッソ・スカルピオーネのアジトはわかっているからね」

そうなのか。やっぱりレノアは凄《すご》いや。

僕はレノアと目と目を見交わし、大きくうなずいた。


「敵のアジトってここからどれくらいなの？」

居館の前庭で僕は馬に飛び乗ると、同じく馬に跨《また》がったレノアに尋《たず》ねた。

「ここから馬で五時間ってところだね」

レノアは馬腹を軽く蹴り、馬を緩《ゆる》やかに歩ませる。

「結構あるんだね」

僕が同じように馬腹を蹴って横に並ぶと、レノアがさらに手綱《たづな》を使って速度を上げた。

「都市部にはアジトを置かないさ。いつ官憲《かんけん》に囲まれるかわからないからね」

僕も速度を上げて追いつき、うなずいた。

「そうか。田舎なら周囲を見渡せる広々としたところに建物を建てられるものね」

「そういうこと。むろん都市部にも小さな拠点はある。でも、本部アジトは別さ」

「じゃあ、僕らはその本部があるところに行くんだね?」

「その通り。一番上を叩《たた》かなければ意味がないからね」

「わかった。それで、その本部はなんていう町にあるの?」

「町っていうか、村だね。タルノ村というそうだ」

「了解。じゃあ急ごう」

僕たちはちょうどそこで、大きくて立派な居館の門を潜った。

アリアスの居館を護《まも》る門衛たちが、僕を見て一斉に敬礼をする。

彼らの英雄を見るような目が、僕には眩《まぶ》しく映る。

少し照れくさかったものの、彼らに敬礼を返した。

一つの戦いが終わり、僕は英雄になった。

だけど、もうすでに新しい戦いが始まっている。
この三か月間は、ただひたすら護《まも》る戦いだった。
これからはそれだけじゃない。
その一歩を今、僕は踏み出した。
心が躍り、血が湧《わ》きたつ。
どうやら僕は、受け身は得意じゃないらしい。
馬腹を強く蹴る。
馬が呼応して力強く大地を蹴る。
速度が一気に上がり、風が顔を強く叩《たた》く。
あのときと同じだ。
強大なグリンワルド師団の真《ま》っ只中《ただなか》を駆け抜けたあのときと。
全身がぶるっと震える。武者震いだ。
そのとき、僕の横を並走するレノアが笑いかけてきた。
「まだ早いよ。気持ちはわかるけどね」
確かに、まだ敵地までは五時間もある。
でも、武者震いが止まらない。

レノアは、そんな僕の気持ちを推し量ったのか笑う。

「やっぱり君は攻勢の人らしいね」

攻勢か……ずばりだ。その通りだと思う。

「うん。そうみたいだ」

僕も笑みを浮かべながら答えると、レノアが大きくうなずいた。

「君がひとところにとどまって、ただひたすらに護《まも》るなんてのはもったいないよ。そんなの宝の持ち腐《ぐさ》れだ。君は本来、こういう仕事の方が向いている。そうだろ？」

レノアはよく僕を理解してくれているみたいだ。

「そうだと思う。例のアルデバラン脱出も、目的地に向かって前に進んでいたからね。ひとところにとどまってただ迎え撃つっていうのは、僕の性《しょう》に合わないんだと思う」

「そうだろう。この三か月間というものは、実にもったいなかったと思うよ。君の特性を活かしていなかった。でもこれからは違う。悪いけど僕は今後、参謀として君という最強戦力を大いにこき使わせてもらうよ」

レノアはにやりと笑った。

僕も顔をほころばせて、にんまりと笑う。

「その方が僕もいい。だから、レノアは存分に僕をこき使っていいよ」

「わかった。ではそうさせてもらおう！」

レノアは馬腹を力強く蹴った。馬が一気に速度を上げる。

僕も馬腹を蹴り、手綱《たづな》をしごく。

どんどんレノアとの距離が縮まっていく。

やがて並び、そして一気に追い抜いた。

レノアが負けるものかとばかりに、さらに馬腹を蹴る。

だが僕も、さらに速度を上げるよう手綱《たづな》をしごく。

僕らはそうして競り合うようにして街道を行き、敵の拠点を目指した。


「よし、あの村で少し休憩《きゅうけい》するとしよう」

レノアが地平の彼方に見えてきた小規模集落を指さした。

「大丈夫？　疲れた？」

僕は乗馬のスキルレベルが圧倒的に高い。

体力のスキルに至っては、もっとだろう。

だから僕に疲労はない。

いや、もちろん睡眠《すいみん》の耐性に関しては……今後の課題の一つだけど。

とにかく、僕に疲れは一切なかったが、常人のレノアはそうではないはずだ。

だが、レノアは爽《さわ》やかな笑みを見せた。

「いや、疲れてはいないよ」

「そうなの？」

「ああ、これでも僕だってそれなりに修羅場《しゅらば》は潜っている。ベルガン帝国に敗れた父に代わって配下の者たちを結集し、敵の包囲網を突破したこともあるんだ。もっとも、君がしでかしたあの途方もない敵中突破とはくらべものにならないけどね」

ああ、そうか。レノアも若いけれど歴戦の強者だったんだ。

だったら休憩《きゅうけい》しなくても……

僕はレノアの横顔をちらりと見た。

確かに疲れた素振りはない。でも本当は疲れているのかも。それを押し隠して、そう見せないようにしているだけかも。

だったら、このままレノアの言う通りに休憩《きゅうけい》した方がいいな。

僕はそこからは無言でレノアのあとをついて村に入っていった。


村に入ると、レノアが周囲をキョロキョロしはじめた。

僕が首を傾《かし》げていると、レノアが遠くの建物を指さした。

「ああ、あった。あの店だ」

店？　ああ、せっかくだからお店で休憩《きゅうけい》しようということか。

悪くない。どうせなら美味《おい》しい飲みものを渇《かわ》いた喉《のど》に流し込みたいし。

ただ、レノアの言葉に少しだけ引っかかった。

「今、あの店って言った？　なじみの店か何かなの？」

すると、レノアが朗《ほが》らかに笑った。

「いや、違うよ。初めて行く店だ」

「じゃあなんで……」

レノアはにやりとすると、店の前で軽やかに馬から下りた。

そして、馬をつなぐためのロープを店の前の柱に結わえつけると、そのまま店の中に入っていってしまった。

僕は慌《あわ》てて同じように馬を柱にロープでつなぎ、レノアのあとを追って店の中へ入る。

レノアは店に入ると、またもあたりを見回した。

やがて、一番奥のテーブル席に座る男に目を留め、彼のもとへずんずん大股で歩いていく。

僕も彼の後に続き、その男の前で止まった。

男もレノアに気づいた。

男は無言で親指を立て、自らの後方を指さした。

そこは、ビロードのカーテンが下ろされている。

レノアは無言で男にうなずくと、その光沢《こうたく》のある紫色のカーテンを引いた。するとさらにその先には部屋があり、レノアはそこへ入っていった。

僕も、男のギョロリと見定めるような視線を浴びながら、奥の部屋に入る。

そこには、大きなテーブルがあり、三人の男女が椅子に座っていた。

「首尾はどうか?」

レノアが空《あ》いている椅子に腰かけながら、三人の男女に問いかけた。

三人は一斉に首を縦に振り、まず左端の男が話し出した。

「どちらも上々にございます」

レノアはうなずき、同時に僕に対して空《あ》いている隣の椅子に腰かけるよう手で示した。

僕がその椅子に腰かけると、三人の男女を紹介してくれる。

「カズマ、こちらは僕の配下の三人だ。左からベルトール、シモーヌ、アッザスだ」

それにあわせて、三人は一斉に首《こうべ》を垂れた。

先ほど口を開いたベルトールは、この中で一番年長だろうか。落ち着いた雰囲気《ふんいき》を備えた四十過ぎの大人の男って感じだ。この中ではリーダー格のような気がする。

シモーヌはなかなかの美人だと思う。これまた大人の雰囲気《ふんいき》だけど、三十歳くらいだろうか。あんまり女性に年齢は聞いちゃいけないし、もしかしたら永遠に謎となるかもしれないな。あと、なんか色気が凄《すご》いような……

アッザスはこれまた三十歳くらいかな。身長も横幅もかなりある。筋骨隆々で相当強そうだ。

僕は三人を自分なりに分析したところで、頭を下げた。

「よろしくお願いします。カズマ・ナカミチです」

「ええ、もちろん存じ上げております。カズマ様は英雄でいらっしゃいますので」

柔《やわ》らかに微笑《ほほえ》むシモーヌに、真正面から目をじっと見て言われたため、僕は照れてしまう。

「あ、いや……様とかはやめてください」

シモーヌは手を口元に当てて笑い、レノアを見た。

レノアがうなずいたのを確認し、シモーヌは再び口を開いた。

「わかりました。では、今後はカズマさんとお呼びしますね」

「あ、はい。それでお願いします」

その後、レノアがベルトールに先ほどの話を改めて振った。

「ロッソ・スカルピオーネの全容も、ゼークル伯爵の手勢のことも、というわけだな？」

ベルトールは自信たっぷりに笑みを湛《たた》えた。

「左様《さよう》にございます。ほとんどすべてをつまびらかにいたしました」

凄《すご》いな。ほとんどすべてって、なかなか言いづらいと思うんだけど……

だが、レノアは当然だと言わんばかりにうなずいた。

「よし。ではまず、ロッソ・スカルピオーネについて教えてくれ」

「はい。敵のアジトはここから一キロほどのところにございます。現時点での敵の総数は百二十人あまり。中はかなり要塞化しております」

「百二十か……」

僕が思わず声に出すと、レノアがすかさず反応した。

「物足りないかな？」

僕は肩をすくめる。

「う〜ん、だいぶ少ないような気はするけど、要塞化しているって言うし、どうなんだろう？」

僕の返事に、三人は驚きの表情を浮かべた。

「……さすがは英雄殿ですな。百二十を少ないと仰《おっしゃ》るとは……」

ベルトールが半《なか》ば呆《あき》れた表情となった。

シモーヌは肩をすくめる。

「よく考えれば、まあ当然ね。だって、グリンワルド師団を退けたくらいですもの」

アッザスは大きくうんうんとうなずいている。

「そうだな！　さすがは英雄だ。我らとは次元が違う！」

アッザスのあまりに大きな声に、僕はびっくりして少し腰を浮かした。

「おい、声が大きいぞ。一応我らは密談をしているのだ。話すならばもう少し声をひそめろ」

年長のベルトールが、すかさずアッザスをたしなめた。

「すまねえ、ベルトールの兄貴。次は気をつける」

アッザスは恐縮している。

ベルトールはアッザスをひと睨《にら》みしてから、レノアに向き直る。

「失礼いたしました。では、敵のアジトでわかっていることについて、ご説明させていただきます」

「ああ、頼む」

レノアはいつものように笑みを浮かべて鷹揚《おうよう》にうなずいた。

すると、ベルトールはアッザスに合図を送る。

アッザスは大きな紙をテーブルの上に広げた。

「こちらが敵のアジトの見取り図となります」

ベルトールが説明した。

「凄《すご》い……こんな情報まであるんだ……」

僕は驚き、声を上げた。

しかし、ベルトールは首を横に振る。

「いえ、すべてではありません。残念ながら、アジトの奥の方はわからずじまいでして」

確かに、見取り図は奥の方の一部が空白となっていた。

そこへレノアが見取り図を見ながら、ぼそっと呟《つぶや》いた。

「入り口は一つか」

ベルトールがうなずいた。

「はい。正面入り口のみとなっているようです。裏口の類《たぐい》はありません」

「それは好都合。入り口から討ち入れば、敵に逃げ場はなくなるということだからね」

レノアはにやりと笑って、僕を見た。

僕も笑い返す。

「うん。僕にとってはやりやすいかな。一網打尽にできそうだ」

だが、ベルトールが水を差した。

「アジトにはいろいろと仕かけがあるようです。英雄殿といえども、気をつけられた方がいいでしょう」

確かに。調子に乗ってはいけないな。

敵のアジトは要塞化していると言うし、油断大敵だ。

すると、引き締まったであろう僕の顔を見て、レノアが口を開く。

「大丈夫だ。カズマは調子に乗るタイプじゃない。それに、僕もついているしね。それで、ベルトール、敵のアジトの要塞化とはどういうことか？」

「ご覧の通り、正面の入り口を入りますと、左に行く道しかございません。そして、建物の外周に沿ってしばらく行くと右に曲がり、さらに外周に沿ってという感じで、判明している限りではずっと一本道となっているのです」

「なるほどな。敵が侵入しても迎え撃ちやすいようになっているわけか」

「はい。また、この建物は二階建てとなっておりまして、二階部分から一階に対して攻撃が仕かけられるようになっているようです」

「二階の見取り図はないのか？」

「申し訳ございません。二階についてはまったく……」

ベルトールがすまなそうに頭を下げた。

レノアは右手を上げて、ベルトールに頭を上げるように合図した。

「いや、仕方がない。急なことでもあるしな。これだけわかっただけでも大したものだ」

「はっ、痛み入ります」

「他にわかっていることはあるか？」

ベルトールは見取り図のある部分を指さした。

「このあたりに落とし穴があるようです。お気をつけください」

入り口を入ってすぐ、左に曲がったところだ。覚えておこう。

「現在わかっておりますのは、以上となります」

「よく調べてくれた。大変だったろう」

レノアがねぎらいの言葉をかけると、アッザスがうんうんと大きくうなずいた。

「そりゃあもう大変でしたぜ。時間がなかったですからね。大急ぎでしたよ」

「あんたはほとんど何もしてなかったじゃない」

シモーヌが鼻で笑った。

「いや、そんなことはないぜ、姉御。なあそうだろう、兄貴」

アッザスは慌《あわ》てて、ベルトールに助けを求めた。

兄貴と呼ばれたベルトールは肩をすくめた。

「まあそうだな。まったくというわけではない。だが、一番の手柄はシモーヌで間違いない」

「いやまあ……そうだろうけどさ……」

アッザスが悔しそうに言うと、レノアが面白そうに問いかけた。

「シモーヌは何をしたの？」

「いえね、敵の下っ端を色仕掛けで落としたんですよ。それで、この見取り図やらを手に入れたってわけです」

シモーヌは得意げに胸を反らした。

「なるほどね。シモーヌらしいや。でも三人ともありがとう。おかげでやりやすくなったよ」

ねぎらうレノアに三人は笑みを浮かべ、深々と首《こうべ》を垂れた。

レノアはそれを鷹揚《おうよう》な態度で受けると、僕に向き直った。

「ということなんだけど、どうかな？」

僕はにっこりと笑った。

「うん。この見取り図通りに気をつけながら進んで、あとは出たとこ勝負ってことでいいんじゃないかな」

レノアもにっこり笑う。

「そうだね。おそらくこのアジトはずーっと一本道だと思う。罠《わな》には気をつけなきゃいけないだろうが、道に迷うことはなさそうだ」

「うん。わかりやすくていい。気をつけるのは主に天井と床かな？」

そこへ、ベルトールが口をはさんだ。

「いえ、もしかすると横壁から急襲されることも考えられます。ですので、三百六十度全周囲に気を配られた方がよろしいかと」

「わかりました。充分に気をつけます」

僕はうなずいた。

「先陣は君でいいかな？」

レノアがまたも僕の顔を見つめて言った。

「もちろんだけど……レノアも来るつもり？」

僕の問いかけに、レノアが笑う。

「当然だよ。何があるかわからないからね。ここは僕ら全員で行こう」

「英雄殿のお役に立てるかはわかりませんが、わたくしは回復魔法に長《た》けております」

ベルトールが首《こうべ》を垂れつつ告げる。

「わたしは攻撃魔法が得意なの。一本道だからあまり活躍できそうもないけど、何かあったら後ろから援護するわね」

今度はシモーヌがなまめかしく首を傾《かたむ》けながら言った。

そして、アッザスが得意げに両腕に力こぶを作った。

「俺は見ての通りの力自慢だ。英雄殿の背中は俺に任せてくれ」

最後に、レノアがにやりと微笑《ほほえ》んだ。

「僕は頭脳労働が主なんだけど、それ以外に補助魔法が得意なんだ。なので、いろいろと君の役に立てると思うよ」


「あれかな？」

レノアが木々の隙間《すきま》から、遠くに見えるかなり大きな建物を指さした。

「はい。あれがロッソ・スカルピオーネの本拠地にございます」

ベルトールが答える。

「なるほどね。周囲には建物はまったくないし、どこから近づこうにもすぐに発見されるってわけだ」

「はい。二階部分からは周囲を見張るために十人ほどが常に配置されていますので、近づいた瞬間に警告が発せられるようになっています」

レノアは僕を見て微笑《ほほえ》んだ。

「どうする？　正面から行く？」

僕は少し考えてから答える。

「入り口は正面にしかないんだろう？　だったら、正面からでいいんじゃないかな」

レノアは笑みを深めた。

「そうだね。僕もそう思う」

「じゃあ、決まりだね」

僕がそう言うと、レノアがみんなの顔を見渡した。

「僕らが近づいた途端、警告が発せられるそうだから、それを無視して進めば、まず真っ先に下っ端たちが大挙して外に出てくることだろう」

僕はうなずいた。

「まずは建物の外で戦闘ってわけだね。建物の中と違って一気に数を減らせそうだ。でもそれだったら、蒼龍槍を持ってくればよかったかな」

「殿下より下賜《かし》された聖遺物だね？」

すかさずレノアが問いかけてきた。

「うん。建物の中だと槍は扱いづらいから持ってこなかったんだ」

「中は狭いからね。でも、それでいいと思う。外に出てくる敵を蒼龍槍で倒したとしても、建物に入るときには邪魔になる。だから、持ってこなくて正解だと思うよ」

「そうだね。それで、その後は建物に突入していくわけだね」

「そう。ただし、どのような仕かけがあるかわからないから、くれぐれも気をつけながらね」

「うん。わかった」

僕がそう答えると、レノアがまたみんなの顔を見渡した。

「では、カズマを先頭に出ることとしよう。みんな準備はいいかい？」

みんなが一斉にうなずいた。

レノアはそれを確認してから、僕を見てうなずいた。

僕はうなずき返すと、木々の間から前に一歩を踏み出す。

そして、そのままゆっくりとした足取りで進んでいった。

レノアたちも僕に続く。

しばらくして、建物内が慌《あわ》ただしくなっているのがわかった。

どうやら僕たちを見て、騒いでいるようだ。

僕は振り返り、レノアたちを見た。

「もしかしたら、敵に顔バレしたのかも」

「そうか、カズマは有名人だからな。顔を知っているやつがいたのかもしれない。だとしたら、外には出てきそうもないな」

レノアが呟《つぶや》いた。

近づくにつれ、建物内の喧騒《けんそう》が大きくなっていく。

だが、レノアの危惧《きぐ》した通り、誰も外には出てこなかった。

僕は改めて振り返った。

「面倒だけど、どうやら一人ひとり建物内で倒していくしかないみたいだね」

僕はついに建物の真ん前までたどり着いた。

その間、何一つ妨害されることはなかった。

「着いちゃったね」

僕が振り返ると、みんなは肩をすくめた。

そして、レノアがため息交じりに口を開く。

「どうやら完全に君の顔が割れているらしいね。彼らは怯《おび》えて中に籠《こも》ってしまったようだ」

先ほどまでの慌《あわ》ただしい雰囲気《ふんいき》は息をひそめ、アジトはしんと静まり返っている。

「まあ、とにかく入ってみるよ。左に曲がってすぐのところに落とし穴があるんだったよね？」

「ええ。充分にお気をつけください」

最後尾にいるベルトールが言った。

僕は、入り口のドアノブに手をかけた。

一瞬、このドアノブに何か仕かけがあるかもと思ったが、特に何もなかった。

僕はゆっくりドアノブを回すと、勢いよく扉を開けた。

中を覗《のぞ》き込んでみれば、正面は壁となっていた。

右も同じだ。壁になっている。

どうやら、シモーヌが手に入れた見取り図は正確だったようだ。

僕は振り向いてシモーヌを見る。彼女はひらひらと手を振って応《こた》えた。僕はにこりと笑い、アジトの中に足を踏み入れる。

そして、すぐに左方向に向かうのだが……慎重に足元を確かめた。

こつんこつんと靴《くつ》で床を叩《たた》いてみる。

何もない。

もう少し進んでみる。

こつんこつんと、また靴《くつ》で床を叩《たた》く。

すると、先ほどとは異なり、乾いた音が響いた。

間違いない。下に空洞がある。

僕は振り返り、こくんとうなずいた。

そして正面を向き直ると、床の端を靴《くつ》で叩《たた》いてみた。

音が鈍《にぶ》い。どうやらここなら大丈夫のようだ。

僕は慎重に廊下の端に足を置き、ゆっくり進んだ。

二メートルほど行ったところで、また床の中央部分をこつんこつんと靴《くつ》で叩《たた》いてみた。
今度は鈍《にぶ》い音がした。
僕はようやく廊下の中央部分に移動し、みんなを手招きした。
そして天井を見上げ、二階部分からの攻撃に備える。
僕が警戒している間に、みんなは僕と同じルートをたどり、やってきた。
「ここから先も床には気をつけた方がいいね」
「そうだね。落とし穴が一つとは限らないからね」
僕の言葉に、レノアが応じる。
僕たちは、さらに慎重に進んでいった。
こつんと一回靴《くつ》で床を鳴らしてから鈍《にぶ》い音のところを踏みしめる。
またこつんと一回鳴らして床を踏みしめる。
僕はそれを延々と続けた。
やがて曲がり角に到達したものの、それは止めない。
僕は右に曲がるなり、すかさず床をこつんと叩《たた》いた。
またもカンッと高い音が。
床の端を靴《くつ》で叩《たた》く。

鈍《にぶ》い音だ。

先ほどと同じ手順で床の落とし穴を回避した。

そして、僕が天井や壁を睨《にら》みつけて警戒している間に、レノアたちも罠《わな》を回避して移動する。

そこから先も、同じことの繰り返しであった。

時間をかけてゆっくり進み、再び右へ曲がる。

また時間をかけて廊下を進み、今度も右へ曲がる。

それを何度繰り返しただろうか。

ついに真正面に扉が現れた。

僕は振り向き、みんなに向かって言った。

「行くよ?」

みんな一斉にうなずく。

僕は扉に向き直り、ゆっくりドアノブを回した。

中は…………誰もいなかった。

広々とした空間が広がるが、人っ子一人いない。

僕は念のため、ここでも床をこつんと靴《くつ》で叩《たた》いてみる。

鈍《にぶ》い音が返ってきた。

大丈夫。落とし穴はない。

僕はゆっくり進み、部屋の中を見回した。

とても広い。

たくさんのテーブルや椅子が置かれている。

おそらくここなら五、六十人がいられるだろう。

今はがらんとしているが、つい先ほどまでは、おそらく誰かしらがいたのだろう。

いくつものテーブルの上にはたくさんのコップがあり、その中のいくつかからはまだ湯気《ゆげ》が立ち上っている。

どうやら慌《あわ》てて二階に避難したらしい。

ここで突然、レノアが大きな声を上げた。

「しまった！　もしかしたら僕らが慎重に廊下を進んでいる間に、二階から飛び降りて外に逃げたのかも……」

確かに。廊下には窓がなかった。だから、外の様子はわからなかった。それに、二階部分には窓があった。

しかも、外にはひざ下くらいの雑草が生えそろっていたから、それがクッションとなって、二階から飛び降りても、よほど運動神経が悪くない限り怪我《けが》はしないのではないだろうか。

「まずい。急ごう！」

僕は言いながら、先ほどまでの慎重さをかなぐり捨てて、部屋の奥にある二階に上がる階段に向かって駆け出した。

レノアたちも僕に続いて走り出す。

僕らが一気に部屋の中央部分を横切り、あと数メートルで階段というところまで来たとき――

突然、床が抜けた。

それも、大きな部屋全体の床が、全部抜けた。

「しまった！」

僕らはテーブルやら椅子やらとともに、落とし穴に落ちていった。

しかし、その穴はそれほど深いものではなかった。

すぐに僕らは着地した。

「ぐっ！」

僕は足から着地すると、膝を緩《ゆる》めて尻もちをついた。次いでそのままの勢いで背中をつけると同時に、両腕を開いて床をバンッと叩《たた》いた。そうやって受け身を取ることで、なんとか怪我《けが》をしないで済んだ。

だがみんなは……

「みんな大丈夫⁉」

僕は慌《あわ》てて周囲を見渡した。

すると、みんなも僕と同じように受け身を取ったらしく、全員無事だった。

「とりあえずよかった……」

僕はほっと安堵《あんど》の息を吐《は》く。そして、上を見上げる。

先ほどまで床があったであろうところを見ると、八メートルほどは落ちたようだ。

そのとき、レノアがため息を吐《つ》いた。

「やられたね。先ほどまでの落とし穴は、床が薄かった。だから、君がこつんと靴《くつ》を叩《たた》けば甲高《かんだか》い乾いた音がして、落とし穴だとすぐにわかった。けれども、この落ちた床は厚さが三十センチはあるようだ。そのせいで、叩《たた》いても鈍《にぶ》い音がして気がつかなかったんだ。まさか、この分厚い床が丸ごと落ちるとはね」

そうか。それでか……

そこへ、僕らが向かうはずであった階段からむくつけき男たちがわらわらと姿を現した。

中でも中央に立つ男は二メートルを超え、他を圧しているようだ。

その大男が、にやにやと笑みを浮かべながら、口を開いた。

「ざまあねえな。英雄だかなんだか知らねえが、大したことはねえ。まんまと罠《わな》に引っかかりやがったぜ」

周囲の連中も一斉に笑った。

僕は立ち上がった。

「お前は誰だ！」

男たちは、またも一斉に笑い出した。

僕が男たちを睨《にら》みつけると、すぐに中央の大男が右手を上げて男たちを制し、いやらしく口元を歪《ゆが》めた。

「お前たちが想像している通りよ。この俺様こそが、ロッソ・スカルピオーネの偉大なるドン、マルセル・ドニークその人さ！」

マルセル・ドニーク……

いや、知らないけど。

でも、敵のドンってことはわかった。

確かに凶悪そうな面構えをしているな。

そのドニークが、大口を開けて得意そうに笑った。

「どうだ～驚いたか～」

すると、後ろの子分たちが口々にドニークを褒《ほ》めそやす。

「当たり前ですぜ、さすがはドン！」

「やつら、驚きのあまり声も出ませんぜ。こいつはドンのご威光の賜物《たまもの》ですぜ」

ドニークが実に楽しそうに僕たちを見ている。

「あっさり罠《わな》にかかりおって、この馬鹿者どもが」

レノアが呆《あき》れ顔をした。

「まあ、確かにしてやられたけどね。別に、君らが僕たちを誘い出したわけではないだろう？」

しかしドニークは腰に手をやり、ふんぞり返った。

「ふん！　何を言うか。すべてこの俺様の計算通りだぜ！」

レノアはニヤリと笑う。

「それは嘘だね。カズマの顔を見るなり、君たちは大慌《おおあわ》てだったじゃないか。元々運良くアジトにこういう仕かけがあっただけで、計算ずくでやったわけじゃないさ」

どうやら図星だったらしく、ドニークは顔を赤くした。

「う、うるさい！　罠《わな》に引っかかったくせに！」

しかし、レノアは悪びれない。

「ああ。だからそれは認めているよ。してやられたとね」

「ふん！　そうだろう！　どうだ、参ったか！」

レノアは肩をすくめた。

「まだ参ってはいないよ。ただ穴に落ちただけだからね」

「ふはははーー！　負け惜《お》しみを！」

「そんなことはないさ。今のところ実害はないし」

ドニークは口の端を歪《ゆが》めた。

「ふん！　そんなことを言っていられるのも今のうちだぞ」

「へえ～、どうする気なのさ？」

ドニークはまたも大きく胸を張ると、スッと右手を上げて何者かに合図した。

僕があたりを見回すと、ゴトンゴトンという大きな音が周囲に響いてきた。

音のする方に顔を向けると、壁がゆっくりと大きく横に開いている。

開いた壁の向こうは、暗闇が支配していた。

その中で何かがキラリと煌《きら》めく。

なんだ？　あれはもしかして……

少しずつ明かりが差し込み、煌《きら》めきの正体が見えてきた。

あれは――

「俺様がコレクションしているモンスターたちが、お前たちの相手をしてくれる！　存分に味わうがいいさ！」

階段上のドニークが得意げに言った。

巨大なモンスターがその姿を現す。

「あれは……バジリスクか」

レノアがうめくように呟《つぶや》いた。

僕はその名前に心当たりがない。

見ると、顔のあたりが風を受けるヨットの帆《ほ》のように大きく広がった異様な風体《ふうてい》の大蛇がいた。

コブラとかに似ているかな。でも、こっちの方がエラみたいなのがだいぶ大きいな。

「レノア、あの怪物はバジリスクって言うの？」

「ああ。間違いない。凶暴にして狡猾《こうかつ》。最悪と言っていいモンスターだ」

そうなんだ。確かに凶悪そうな顔しているな。

「あれは見たところ蛇みたいだけど、毒はあるの？」

レノアは大きくうなずいた。

「ある。かなりの猛毒を、唾《つば》を吐《は》くようにまき散らす習性がある」

「そうなんだ。毒を吐《は》くんだ。気をつけた方がいいね」

「ああ。触れただけで肌《はだ》が焼けただれてしまうそうだ。だから、不用意に近づいちゃダメだ」

「わかった」

ここで、階段のドニークの偉そうな声が聞こえてきた。

「さあ、戦え。この俺様を存分に楽しませてくれよ」

ちょっと腹が立つな。だが戦わないわけにもいかない。

僕は腰に佩《は》いた剣を抜き放つと、一歩前へ踏み出した。

バジリスクが僕に気づき、警戒しながらゆっくり身体をくねらせ、前に出てくる。

距離は約十メートル。

「カズマ、危険だ！　やつの動きは速いことで有名なんだ。まっすぐ行ったらやられるぞ！」

レノアが必死に叫《さけ》ぶ。

でも……そうなのかな？　たぶん大丈夫だと思うんだけど……

「カズマ、やつはAランクモンスターだ！　そんじょそこらのモンスターとはわけが違うぞ！」

Aランクか。だったら……

僕は右手に持った剣を両手でぐっと握り直すと、後ろに引いた右足に力を込めて一足飛びに前へ跳《と》んだ。

一気にバジリスクとの距離が半分に詰まる。

バジリスクは、突然僕が飛び込んできたことに驚いたのか、慌《あわ》てた様子で毒入りの唾《つば》をペッと吐《は》き出した。

だが、僕の方が速い。

唾《つば》は僕の頭上を通過し、床の上に落ちた。

僕は左足が床に着いた瞬間、さらに前へ向かって爆発的に跳《と》んだ。

一瞬で僕はバジリスクの懐《ふところ》深くに入り込む。

そして——剣を一閃、バジリスクの首を斬り落とした。

ドスンッと大きな音を立てて、バジリスクの首が床に落ちる。

同時に、切断面から、夥《おびただ》しいほどの血が噴き上がった。

「うん。やっぱり大丈夫だった」

僕が笑って振り向くと、みんなが唖然《あぜん》としていた。

ただレノアだけが、右手で顔を覆って苦笑していた。

「参ったな。強いとは聞いていたけど……これほどまでとは思わなかったよ」

僕は首を傾《かし》げた。

「そうかな？　だって、Aランクモンスターだったら、Aランクの人でも倒せるってことでしょ？　だったら、Sランクの僕なら余裕で倒して当たり前じゃないか」

でも、レノアの苦笑はおさまらない。

「違うよ。Aランクモンスターを倒せるのは、Aランクの者たちがパーティーを組んだ場合だよ。Aランクの者が単独で倒せるわけじゃない。というか、普通無理だ。でもまあ、確かに君は規格外のSランクなわけだから、Aランクモンスターを倒すことなんてわけないのかもしれないね」

へえ、そうなんだ。

知らなかった。単独でだとばっかり思い込んでいた。でもまあいいか。余裕で勝てたし。

「ま、まだだ！　つ、次だ！　次！」

階段のドニークがぷるぷると震えながら叫《さけ》んだ。

すると、またもゴトンゴトンという轟音《ごうおん》が鳴り響いた。

「次のやつはバジリスクとは一味も二味も違うぞ！　どうだ、こいつに勝てるか！」

そして、左側の壁がゆっくりと横にスライドしはじめた。

僕は身体を左向きにすると、次なるモンスターの襲来に身構えた。

すぐに、低くくぐもった唸《うな》り声が聞こえてきた。

それは明らかに大型の哺乳類《ほにゅうるい》のものだったため、僕は『熊かな』なんて思った。

すると、それが暗闇の中からぬーっと現れ、全貌が露わになると——

「あ、やっぱり熊だった」

「どこが熊だ！　あんな普通の獣と一緒にするな！　どう見たって違うだろうが！　この馬鹿者

めっ！」

僕の呟《つぶや》きに、ドニークがかなり腹立たしげに反応した。

まあ確かに、熊とはちょっと違うみたいだけど……

「聞いて驚け！　こいつは特Aランクモンスターのメイルベアーだ！」

僕は眉根《まゆね》を寄せ、口をへの字にひん曲げた。

「……ベアーって言ってるけど？」

ドニークが鼻で笑った。

「ふん！　熊とメイルベアーの違いもわからんのか。見ろ、この身体全体を覆い隠す強固な鎧を！」

確かに、大きな鱗のようなものが連なって、鎧みたいに身体全体を護《まも》っている。でも、ベースは
どう見たって熊じゃないか。

それなのに、馬鹿にするようなドニークの物言いに、僕は物凄《ものすご》く腹を立てた。

「ベアーって熊のことだよね？　だったら、僕の言い分は合ってるじゃないか」

「だから、熊なんかとは違うと言っているだろうが！」

「でも熊の一種でしょ？　だったら、熊だと言っても間違いじゃない」

「違うわ！　この馬鹿者が！　この俺様の大切なモンコレに対して、何が熊だ！」

うん？　なんだ？

「モンコレってなんのこと？」

「モンスターコレクションの略に決まっているだろうがっ！」

ドニークが怒鳴《どな》り返してくる。

僕は振り返り、レノアを見た。

「そうなの？」

レノアは顔を歪《ゆが》めて肩をすくめた。

「金持ちの中では、レアなモンスターをコレクションしている者がいるとは聞いているけど……モンコレというのが一般的に知られている言葉かどうかは疑問だね」

すると、ドニークがまたも鼻でせせら笑った。

「ふん！　お前ら貧乏人は知らないかもしれないが、我々ハイソサエティーな者たちの間では誰でもが知っている常識的な言葉なんだよ！」

「ハイソサエティーというより、下賤《げせん》な連中の間違いじゃないか？」

レノアが汚物を見るような目でドニークを見る。

ドニークはレノアのあからさまな挑発《ちょうはつ》に乗り、顔を赤らめる。

「ええい、もうよい！　メイルベアーよ！　こいつらをその鋭い牙と爪でズタズタに切り裂いてしまうがいい！」

鋭い牙と爪って……完全に熊じゃん。僕が心の中でツッコんでいると、その熊の一種が大きな図《ず》体《うたい》を動かして、ゆっくりと一歩前に踏み出した。

ドシンッ！　と大きな地響きがする。

「ふはははははっーー！　このメイルベアーはバジリスクなどとは格が違うぞ！　なにせ特Aランクだからなっ！」

僕は振り返った。

「特Aランクなんてものがあるの？」

レノアは先ほどの戦いで僕の実力を見切ったせいか、安心した顔をしている。

「あるみたいだね。Aランクパーティーが複数いないと倒せないレベルのモンスターが、そう言われているらしい」

「そうなんだ……」

僕は改めて目の前の、鎧を纏《まと》ったような熊のモンスターを見上げた。

「でも、たぶん大丈夫だね」

僕は、両手で握った剣を中段に構える。

メイルベアーはゆっくり地響きを立てながら近づいてくる。

ドシンッ！　ドシンッ！

一歩踏み出すたびに、床が悲鳴を上げている。
これ、踏まれたらまずいかな？
僕の耐久力は今いくつくらいなんだろう？
確か、前に見たときは６００超えくらいだったと思うけど……
僕はステータス画面を開いてみた。
なんか、この画面を見るのも久しぶりだな。

レベル　１２８５
ＨＰ　１３７２
攻撃力　１８２６
防御力　６８３
力　１２９１
耐久力　７２４
器用さ　４８５
敏捷性《びんしょうせい》　７７４
知性　４６２

やっぱり、防御力とか耐久力が、攻撃力や力に比べて弱いな。

でも……これくらいの相手なら、ちょうどいいんじゃないだろうか？

僕は両手で握りしめていた剣を鞘《さや》に収め、レノアに放り投げた。

「カズマ！　何をするつもりだ！」

剣を受け取ったレノアが声を上げた。

僕はゆっくり振り返った。

「ちょっと防御力とかを鍛《きた》えようかと思って」

「いや！　それはさすがに無茶だ！」

僕は肩をすくめた。

「たぶん大丈夫だよ」

ちょうどそのとき、メイルベアーが右前脚を僕の頭上目がけて振り下ろした。

僕は念のため両手を上げて、その攻撃を受けてみた。

メイルベアーの体重が、僕の両腕や背中や腰や両足にのしかかってくる。

重い……だけど……大丈夫。うん。耐えられた。

メイルベアーは驚愕《きょうがく》の表情を浮かべ、前脚を引いて床に下ろした。

ドニークたちは、メイルベアー以上に驚愕《きょうがく》している。

「な、な、な、なんだと……メイルベアーの攻撃を受け止めただと……」

ドニークが声を震わせる。

ドニークの子分たちにいたっては、声も出せないようだ。

僕は振り返り、レノアたちを見たら、同じく声を失っていたので、ことさら明るく言ってみる。

「ね？　大丈夫だったでしょ」

「……ああ、どうやらそうみたいだね」

レノアは心底呆《あき》れているらしい。

僕は笑顔でうなずいた。

「いい練習台になると思うから、ちょっと遊んでいいかな？」

すると、レノアも笑顔になった。

「ああ。思う存分練習してくれ。君がさらに強くなるのだったら、僕は当然協力を惜《お》しまないよ」

僕は向き直り、改めてメイルベアーに相対《あいたい》した。

メイルベアーは困惑気味であり、僕を睨《にら》みつけてはいるものの、さらなる攻撃を加えようとはしてこなかった。

それでは困るので、僕は一歩前に出た。

だが、メイルベアーは、後ろに一歩下がった。

僕は思わず眉《まゆ》をひそめた。

「困ったな。攻撃してほしいんだけど……」

「では、僕が早速お手伝いしよう」

レノアの声だ。振り向くと、彼は目を閉じ、なにやらぶつぶつと呪文を唱えはじめている。

そして、身体がオレンジ色に輝き出した。

僕が驚きながら見ていると、呪文の詠唱が終わったのか、レノアが瞼《まぶた》を開いた。

「ウルヴヘジナス」

レノアが呪文名を口にした途端、両腕からオレンジの閃光が放たれた。

それは僕の顔の横をかすめて一直線にメイルベアーへと飛び、全身をオレンジ色に染めた。

急にメイルベアーの様子がおかしくなった。

瞳孔《どうこう》が大きく開いて目が赤く血走り、顎《あご》が外れたかのように大きく開いた口からは、だらだらとよだれがひっきりなしに床へと落ちる。

「……これは？」

「かけた相手を狂乱状態にする魔法さ。言ったろ？　僕は補助魔法が得意なんだ」

狂乱状態か……確かに、そんな感じだ。

正気を失い、今にも手当たり次第に攻撃を仕かけてきそうに見える。

ここで突如、メイルベアーが天を見上げて強烈な咆哮《ほうこう》を上げた。

くっ！　凄《すご》い声量だ。それに、迫力が圧倒的だった。

さっきまでとは一味違いそうだ。

そこへ、レノアの声がした。

「気をつけてくれよ。狂乱状態になると力が数倍に跳《は》ね上がる。俊敏《しゅんびん》さなんかも同じだ。だがそれでも、先ほどの戦いを見る限り、君が本気を出せば容易《たやす》い相手だと思う。とはいえ、さすがの君でも油断したら足をすくわれるよ」

僕は振り向かずにうなずいた。

「わかった。ありがとう！」

そうして僕は、一歩前に足を踏み出した。

力も俊敏《しゅんびん》さも数倍か。それは骨が折れそうだ。

うん、もしかしたら本当に骨の一本や二本は折れちゃうかもしれないな。

でもそれくらい強い相手なら、一気にレベルアップしそうな気がする。

よし！　やるか！

僕が臨戦態勢に入ったところで、メイルベアーが再び強烈な咆哮《ほうこう》を上げた。

しかも、先ほどと違って、天井に向かってではなく、今度のは明らかに僕に向かってであった。

メイルベアーはその巨体を揺《ゆ》らして、ゆっくりと僕を目がけて近づいてくる。

でも……なんか、落ち着いているように見えるんだけど……

よだれは垂れ流しているけど、全然狂乱状態って感じじゃない。

僕は、振り返らずにレノアに尋《たず》ねた。

「これ、本当に魔法にかかってる？」

「おそらくだけど、君が強すぎるんだよ。だから、狂乱状態になりつつも、本能的に君を恐れて怯《おび》えているんだと思うよ」

そういうものかな？

確かに、近づいてはいるものの、足取りは慎重そのものに見える。

僕は試しに一歩前に足を踏み出してみた。

すると、メイルベアーは反射的にぶるっとその巨体を震わせ、ピタッと歩みを止めてしまった。

どうやら、レノアの言った通りらしい。

困ったな。ちょっと可哀そうになってきたかも。

だが、そこでタイミングよく階段のドニークが叫《さけ》んだ。

「おい！　どうした！　せっかく狂乱状態になったんだ。とっとと噛《か》み殺して後悔させてやれ！」

その声に反応してメイルベアーがまたも咆哮《ほうこう》を上げ、殺気をみなぎらせたまま突っ込んできた。

僕は、なぜメイルベアーがドニークの号令に素直に従うのか不思議であったが、今はそんなことを考えているときではないと思い、身体を固くした。

メイルベアーは僕の目の前まであっという間に到達し、咆哮《ほうこう》を上げながら二本脚で立ち上がり、その丸太のような太い前の右脚を横に振るった。

僕は咄嗟《とっさ》に左手を上げて頭をガードした。

凄《すさ》まじく重い一撃が僕の左手にのしかかる。

あまりの体重差からか、僕の身体は吹っ飛んだ。

僕の身体は横倒しになっただけでは飽《あ》き足らず、床の上を何回転もしてようやく止まった。

「大丈夫か!?」

レノアだ。

僕が答えるより早く、ドニークが満足そうに笑った。

「ぐわっははは––！　メイルベアーに殴《なぐ》られて大丈夫なわけがあるかっ！　英雄だかなんだか知らんが、調子に乗ったな！　貴様らもついでになぶり殺しされるといい！」

どうしようか。ちょっと気まずいけど……いや、悪人に気を遣う必要なんてないか。

僕は、スッと立ち上がった。

「いや、全然無傷ですけど？」

「なっ！　なっにーーーーーーーーーーーーーーーい！」

ドニークは驚愕《きょうがく》の表情を浮かべている。

そして手下の者たちもまた同じように驚き、その場にくずおれた。

僕は首を横に倒してコキコキと鳴らした。

「驚いたな……あれで無傷か……」

苦笑したレノアの言葉に、ベルトールがうなずいた。

「ええ……実際にこの目で見なければ信じられない光景ですね」

シモーヌが呆《あき》れた顔で続く。

「わたしはこの目で見ても信じられないわ……」

すると、これにアッザスがカラカラと笑いながら応じた。

「これが英雄殿の力というわけだ！　凄《すご》いものだ！」

アッザスのあまりの大声に、レノアたちが苦笑気味に顔をしかめた。

だが、当のアッザスはそれに気づかず、僕を見てうんうんと笑顔でうなずいている。

僕は肩をすくめながらも、笑みを返した。

ここでようやくドニークが立ち直ったらしい。

「くっ！　やれ！　やってしまえ！　お前の力はそんなものではないはずだっ！」

ドニークの声に呼応して、メイルベアーが咆哮《ほうこう》を上げた。

そして、その巨体に似合わぬ俊敏《しゅんびん》さで駆け出し、一気に僕との距離を詰めると、再びその丸太のような太い前脚をぶん回した。

僕は鋭い爪に気をつけながら左腕一本でそれを受ける。

だがやはり体重差か、僕の身体は先ほど同様に吹っ飛んだ。

僕の身体が横回転する。

しかし今回は二回転ほどで止まり、僕は綺麗《きれい》に両足で着地することに成功した。

「なっ！」

ドニークが言葉を失う。

手下の者たちはもはやうめき声一つ立てていない。

「凄《すご》いものだ……もうあのパワーに慣れたのか」

レノアは呆《あき》れている。

僕は笑顔でうなずいた。

「うん。どうやらそうみたいだ」

レノアが噴き出した。

「ははっ！　さすがだよ、カズマ」

「そんなでもないよ」

僕は少し照れくさかった。

「そんなでもあるさ。実際こうして目《ま》の当たりにできて嬉しいよ。最強戦力が我が軍にいるということがね」

最強戦力か……ちょっと照れるな。

僕はそう思いつつも、まだ自分を鍛《きた》えられると思い、改めてメイルベアーと対峙した。

メイルベアーは完璧に捉えたはずの獲物がケロッとした顔で立ち上がったためか、困惑の表情を浮かべていた。

僕はゆっくりと歩みを進め、メイルベアーとの距離を詰めていく。

メイルベアーの顔が、徐々に困惑から恐怖へと変わっていく。

だが、僕は構わずに前に進んだ。

すると、ついに恐怖の臨界点を超《こ》えたのか、メイルベアーは勢いよく二本脚で立ち上がった。自らの身体を目いっぱい大きく見せると、咆哮《ほうこう》を上げる。

僕は立ち止まり、メイルベアーに対してにこっと笑いかけた。

メイルベアーはそれに恐怖したのか、全身の毛を逆立てた。

かと思うと、その恐怖の対象を消してしまおうというのか、右腕を勢いよく振るう。

僕は笑顔を作ったまま頭上で両腕をクロスさせ、レベルアップすることへのわくわくした心持ちで攻撃を待ち構えた――


さて、あれから一体何十発受けただろうか。

あ、また来た。

僕はぼんやりした状態ながら、メイルベアーの攻撃を顔の前に両腕を上げて受けた。

さらにもう一発。あ、どんどん来るな。連発だ。

う～ん、なんかメイルベアーの顔がさっきから引きつっているような……

僕はその後もメイルベアーの攻撃を受け続けた。

やがて、ついにメイルベアーの攻撃がやんだ。

見ると、肩で息をしている。

打ち止め……かな？

「ええい！　この化け物め！」

階段のドニークが口角泡を飛ばして叫《さけ》んだ。

僕は、自分が飼っているモンスターにずいぶんとひどいことを言うなと思って、ドニークを見上げた。

しかし、やつの視線はメイルベアーにではなく、僕に向けられていた。

うん？　もしかして化け物って僕のこと？

どっちにしてもひどいことを言うな。

僕はドニークを睨《にら》みつけた。

すると、ドニークの背後にいる手下たちが一斉に震え上がった。

……そんな反応をされたら、本当に僕が化け物みたいじゃないか……

僕がそんなことを思っていると、ドニークがさらに言う。

「ええいっ！　もう出し惜《お》しみしている場合じゃないっ！　モンスターどもを全部出して、その小《こ》僧《ぞう》をなんとしてでもぶち殺すんだっ！」

声に合わせて、残り二つの壁が轟音《ごうおん》を立てて大きく開いた。

いや、それだけではない。

すでに開いていた壁のさらに奥の壁までが開いた。

いや、その奥の壁まで……

一体どんな造りになっているんだろう……

明かりが少なくてよく見えない。けれど、四方から巨大なモンスターたちが列をなしてやってこようとしているのは間違いない。

……うん。どうやら絶好の特訓日和《びより》になりそうだ。

でもその前に、レノアたちを避難させなければならない。

僕はレノアたちに振り返った。

「ちょっとみんな、こっちに来て」

僕は声をかけながら、ドニークたちが見下ろす階段の下まで移動した。

レノアたちもそこに集まってくれた。

「みんなはちょっと避難していて。今、避難場所を作るから」

僕はそう言うと、ドニークたちのいる階段を見上げた。

ドニークたちが一斉に怯《おび》えた表情を見せる。

僕は思わずにやっと笑い、太ももやふくらはぎに力を込めた。

そしてゆっくりとかがみ込むと、さらに力を溜《た》め、それを一気に放出しようと足を勢いよく伸ばした。

すると、風を切って僕の身体が跳《と》び上がった。

高く、高く、上昇し、僕は階段へと到達した。

「ひえええええ……」

震える手下たち。

「お、おい！　俺様を助けろ！　貴様ら！」

ドニークが僕の目の前で叫《さけ》ぶ。

だが、手下たちはそれどころじゃない。

恐怖の表情を浮かべ、這《は》うように階段を上がって二階部分へと逃げていく。

「お、おい！　待てっ！　貴様らーーーー！」

ドニークが僕に背を向け、手下たちに怒鳴《どな》る。

その首筋目がけて、僕は軽く手刀を打ち下ろした。

ドニークは一瞬で意識を失う。

僕は下に飛び降りた。

「避難場所ができたから、一人ずつ連れていくね」

「……君、あそこまで飛べたんだ……」

唖然《あぜん》とした表情のレノアが、ようやくといった様子で漏らした。

「前に巨人族を相手にしたときに五メートルくらい跳《と》べたから、今だったらもっといけるかなと思って」

レノアは顔を手で覆って苦笑する。

「……君ってつくづく、面白い存在だよね……」

「さて、これでよし。僕はちょっと特訓しておきたいんだけど、いいかな？」

僕はレノアたち全員を安全な階段に避難させてから、問いかけた。

「いいとも。僕らはドニークへの尋問《じんもん》や、手下たちの相手をしているよ」

レノアの快諾を受け、僕は笑顔でうなずいた。

そして右足を前に出すと、左足で軽く跳《と》んだ。

僕の身体は自由落下を始め、巨大モンスターたちが待ち構えるところへ着地した。

軽く周囲を見渡してみる。

「一、二、三、四、五、六、七……う～ん、まだまだいるな。ちょっと数えきれないや」

早く特訓を始めたいのだが、モンスターたちは僕のことを警戒しているようで、周りを取り囲みながらも一定の距離を取り続けていた。

僕は困り、身体をだらんと弛緩《しかん》させて油断したふりをしてみた。

だが、モンスターたちは知能が高いのか、やはり近づいてこなかった。

僕は口をへの字に曲げて考え込んだ。

すぐに妙案が浮かぶ。

「そうだ！　だったら、アルフレッドに教わった格闘術を試してみよう」

僕はアルフレッドがアルデバランに出発するまでの間に、格闘術をみっちり教わっていた。

でも、試す機会を持たなかったため、実戦で役に立つのかどうかはわからないままだった。

「攻めてこないのなら、こちらから攻めればいいだけのことじゃないか。こちらが攻撃を仕かければ、彼らも反撃してくるだろうし」

僕はやる気を取り戻し、左手を軽く前に出して半身《はんみ》の構えとなった。

「よし、やるぞ。これだけの巨大モンスターたちなら、相手にとって不足なしだ」

僕はまず、目の前にいる異常に長い尻尾《しっぽ》を持った、長い犬のような巨大モンスターに狙いを定めた。

体高は三メートルくらいか。だけど、身体の長さは優に十メートルを超《こ》えているんじゃないだろうか。尻尾《しっぽ》もさらに十メートルはある。つまり、全長二十メートルだ。

そのとき、階上からレノアの声がした。

「そいつはカルビソフ。顎《あご》の力が異常に強いことで有名だ。それと、尻尾《しっぽ》による打撃も強力な上、その先端には毒針がついている。イメージとしては、犬とサソリのミックスみたいな感じだ」

「ありがとう！」

僕は、早速カルビソフに向かって左足を一歩踏み出した。

カルビソフが警戒してわずかに身体を震わせる。

僕は構わず、ボクシングのような軽やかなステップを踏んで前に出る。

カルビソフは一歩下がる。

僕は常に左足を前にして、どんどん前に出た。

すると、カルビソフが後ろにいる別のモンスターとぶつかった。

カルビソフは唸《うな》り声を上げて後方を威嚇《いかく》するが、そのモンスターの後ろにも他のモンスターがいるため、それ以上後退することはできないようだった。

覚悟を決めたのか、カルビソフは咆哮《ほうこう》し、一歩前に脚を踏み出した。

退路を失って、ようやくやる気を出したか。

僕は軽く息を吸い込んでからピタリと呼吸を止め、さらなる特訓開始のゴングが打ち鳴らされるのを、固唾《かたず》を呑《の》んで待った。

カルビソフがゆっくり僕に向かって進んでくる。

僕はその場で待ち構えることとした。

相手がやる気を出してくれたならありがたい。

まずは当初の思惑通り、防御力を上げることとしよう。

そのとき、カルビソフが突如、巨体をくねらせた。

来るっ！

次の瞬間、十メートルはあるであろう長い尻尾《しっぽ》が、ビュンとうなりを上げて襲いかかってきた。

僕は両腕を上げて頭をガードしつつ、攻撃を受ける。

凄《すさ》まじい衝撃が、バシンッという大きな音とともに僕の全身を襲う。

それは、単なる打撃ではなかった。

長い尻尾《しっぽ》は僕の身体を激しく打撃したあと、くるくると巻きついた。

「ぐっ！」

思わず僕の口からうめき声が漏れる。

ギシギシと音を立てて、カルビソフが僕を締《し》め上げる。

これは、今までに受けたことのない攻撃だ。

ミシミシと骨がきしむ音まで聞こえてきた。

僕の目の前には、ゆらゆらと揺《ゆ》らめく異様なものが現れる。

それはレノアが言っていた、長い尻尾《しっぽ》の突端についた、銀色に光り輝く毒針であった。

毒針が僕の身体を突き刺すタイミングを今か今かとうかがっている。

僕は今、尻尾《しっぽ》で締《し》め上げられていて両腕が使えない。

毒針の揺《ゆ》らめきがピタリと止まった。

来るっ！
毒針が僕の顔を目がけて一直線に向かってくる。
僕は首を横に倒してよけようとする。
だが顔はよけられても、首はそうはいかない。
毒針は、僕の首筋に深々と突き刺さってしまった。
「くっ！」
極細の注射針ではなく、太い錐《きり》で突き刺されたようなものだ。
チクリどころかブスリだ。痛いなんてもんじゃない。
しかし問題は毒だが……
案の定、毒針からどくんどくんと何かが注入されている感覚を覚えた。
注射針で何かが入れられるのも痛いが、これはもっと大量だ。
物凄《ものすご》く痛い。
……だが、それだけだった。
僕には毒が効かない。
あの憎《にく》きソウザから受けた毒攻撃により、僕の身体にはすでに耐性がついていた。
やはり、どんなに大量に毒物を身体に入れられたとしても、なんの意味もない。

それに、異物がどくどくと注入される痛みにも、次第に慣れてきた。

さらに、長い尻尾《しっぽ》によって巻きつけられていることにも、もう慣れた。

結果、僕はもうなんの痛みも感じなくなっていた。

「……じゃあ、そろそろ格闘術を試すとするか」

僕は締《し》め上げられている両腕に力を込めた。

徐々に腕と身体の間に隙間《すきま》ができていく。

一方カルビソフは、そうはさせじとギシギシと締《し》める力を強くして、できた隙間《すきま》を埋《う》めていく。

僕とカルビソフの力比べだ。

「ぐぬぬぬぬ……」

僕は奥歯を噛《か》みしめ、全身の力を両腕に送り込む。

再び、腕と身体の間に隙間《すきま》ができた。

僕は声を出しながら、さらに力を込めていく。

徐々に隙間《すきま》が大きくなっていった。

「ふんぬーーーーーーー!」

渾身《こんしん》の気合を入れて力を込める。

「うおうりゃあーーーーーーーーーーー!」

両腕を広げると、カルビソフの尻尾《しっぽ》がブチンッと切れた。
カルビソフが叫《さけ》び声を上げる。
僕はカルビソフを睨《にら》みつけつつ、笑みを浮かべ――
「どうだあーーーーーーーー！」
雄叫《おたけ》びを上げると、周囲を取り囲むモンスターたちが一斉にびくついた。
あ、しまった。また怯《おび》えさせてしまった。
防御力を上げるためには、モンスターからの攻撃が必要だ。
ビビらせてしまってはいけない。
僕はもう少し控えめに戦うことにした。
とりあえず、尻尾《しっぽ》を失ったせいか、最も怯《おび》えているカルビソフは置いておこう。
レノア曰《いわ》く、強力な顎《あご》を持っているらしいけど、もう戦う気はないみたいだし。
あ、まだ格闘術を試してないな。どうしようか……
でも、戦う気力のないカルビソフを相手にするのは気が引ける。
別の元気なモンスターを相手にしようと思い、僕は改めて周囲を見回して物色した。
さて、どのモンスターにするかな。
と、先ほどまで僕の防御力を上げるために尽力してくれたメイルベアーが目に入った。

そういえば、メイルベアーに対してはまだ攻撃を仕かけていなかったな。

名前の由来となっている、全身を纏《まと》う鎧のような鱗がまぶしく見える。

格闘術を試すにはもってこいなんじゃないだろうか。

僕はメイルベアーに向かって足を一歩踏み出した。

メイルベアーはまだ狂乱状態が残っているらしく、先ほどのように荒れ狂ってはいないものの、僕に怯《おび》えて動けないわけではなかった。

そのため僕は、さらにメイルベアーに近づいた。

すると、メイルベアーが威嚇《いかく》のためか、二本脚で立ち上がった。

よし、まずは相手の攻撃を受け、その後に反撃してみよう。

僕は立ち上がったメイルベアーが前脚を振り下ろしてくるのを待った。

少しの間《ま》が空《あ》いたものの、メイルベアーがその太い丸太のような前脚を振るう。

僕はありがたく、その攻撃を顔の横に上げた左腕で受けた。

凄《すさ》まじい衝撃音が鳴り響く。

だが僕の左腕は微動だにせず、痛みも何もありはしなかった。

どうやら、メイルベアーの攻撃には完全に慣れてしまったらしい。

じゃあ、しょうがない。今度はこちらから行くとしよう。

僕は左腕を下ろし、腰を少し落とした。

そして左側を前に半身《はんみ》の体勢となると、右の拳を固く握り込んだ。

だがそこで、格闘術の師匠であるアルフレッドの言葉が思い出された。

「おい、握り拳を作るのが早えよ。殴《なぐ》る前は軽く握ってだな、相手に当たる瞬間にギュッと握り込むんだよ」

そうだ。拳は初めから固く握り込んではいけないんだった。

インパクトの瞬間に力強く握り込まなければ。

僕は拳に込めた力を抜いた。

続いて大きく息を吐《は》き出した。

それから、ギロリと一度メイルベアーを睨《にら》みつける。

「行くぞっ！」

僕は腰を右にひねり、右拳を背中に回した。

その反動を利用して、一気に今度は腰を左にひねり、右の拳を横に振るう。

遠心力を利用して、凄《すさ》まじい勢いで右拳が前に出る。

そして、メイルベアーの硬そうな鎧に鋭く撃ち込まれた。

インパクトの瞬間、強く握り込まれた拳が鎧に衝突し、凄《すさ》まじい爆発音が鳴り響く。

同時に、硬質の物体が砕け散るときのような甲高《かんだか》い音が耳を劈《つんざ》いた。

「よしっ！」

僕は、目の前の見事な結果に納得の声を上げた。

メイルベアーの金属のような物質でできた鱗が床一面に四散していた。

「うん。いい感じ」

メイルベアーは、右拳が当たったあたりの鱗がすべて砕け散ってしまい、柔《やわ》らかそうなお腹がむき出しとなっていた。

完全に狂乱状態から抜け出したのか、唖然《あぜん》とした表情を浮かべていたが、お腹が露わになってしまっていることに気づいたようだ。

メイルベアーは慌《あわ》てた様子でキョロキョロとあたりを見回したのち、どすんと地響きを立てて仰《あお》向《む》けに寝転んだ。

僕は、メイルベアーのこの行動に首を傾《かし》げた。

なんだろう？　新たな攻撃の準備か何かかな？

もしや、寝っ転がった状態から回転して飛び上がるとか？

そこへ、階段のレノアが笑い交じりに声をかけてきた。

「それは恭順《きょうじゅん》の意を示しているのさ」

僕は階上を見上げた。

「恭順《きょうじゅん》？」

するとレノアが愉快そうに答える。

「そうさ。つまりは降参ってわけさ」

あー、そうなのか。でも、この後はどうしたらいいんだろう。

すると、僕の心の声が聞こえたのか、レノアがまたも言った。

「お腹をさすってやるといい。君はテイマーの能力も身につけてしまったのかもしれないね」

テイマー？　なんだろうか、それは。

「それは何？　どんな能力なの？」

レノアは肩をすくめた。

「モンスターを手なずけて、使役する能力さ」

手なずけて使役する……か。

「それって、つまりペットを飼うようなものなのかな？」

「あー、そうだね。それでいいと思うよ」

レノアが楽しそうに答えた。

そうか。ペットか。

そういえば、僕は今まで一度もペットを飼ったことがない。

犬も猫も、カブトムシやクワガタムシも、僕は子供の頃から一度たりとも飼ったことがなかった。

誰でも一度くらいは何か生き物を飼ったことがあるだろうけれど、僕にはそんな経験がない。

だから、メイルベアーを飼うとしたら、僕の人生初のペットだ。

……………でも、ちょっと大きすぎないかな？

飼うにしたってどこで？

あ、でも今住んでいる居館なら大きくて庭も広いし、飼おうと思えば飼えるかな？

ただ、あの居館は僕の持ち物じゃないしな。

アリアスに許可をもらえばいいのかな？

それとも、本来の持ち主のオルダナ王家に許可を取る必要があるのか……

うーん……

僕は考えがまとまらず、階段のレノアに判断を委《ゆだ》ねようと思った。

「ねえ、レノア。このメイルベアーを飼ってもいいものなのかな？」

「もちろんさ。戦力になるからね。殿下も大いに喜ばれると思うよ」

そうか。なるほど。確かに。

僕は笑顔でメイルベアーに近づき、そのむき出しの柔《やわ》らかいお腹をすりすりとさすった。

ぐるるるる………

メイルベアーが心地よさそうに喉《のど》を鳴らした。

「喜んでるのかな？」

「そのようだね。これで主従関係が結ばれたってことさ」

僕の呟《つぶや》きに、レノアが応じた。

「そうなんだ。へえ」

僕が感心して再び優しくさすると、メイルベアーは心地よい音色を奏《かな》でる。

そこへ、僕の周りからメイルベアーの喉《のど》を鳴らす音とは異なる、殺気立った唸《うな》り声が聞こえた。

グルルルル………

僕が顔を上げて周囲を見回すと、そこには怒りの形相《ぎょうそう》に変わったモンスターたちがいた。

突然表情が一変したことに僕が驚いていたら、レノアがこの現象を解説してくれた。

「メイルベアーが君に臣従したことを怒っているのさ」

そうなのか……

「ということは、メイルベアーを護《まも》らないといけないね」

「そうだね。でも、できるなら、君には他のモンスターたちもテイムしてほしい」

「えっ!?　いくらなんでも多すぎない？　みんな巨大モンスターばかりだよ？」

「大丈夫さ。居館には入らないけど、敷地は広い。そこに彼らを収容する施設を作ればいいだけのことさ。メイルベアーだけでも大きな戦力になるけど、これだけのレアモンスターたちがみんな君の配下になるとしたら、これは途轍《とてつ》もなく強大な戦力になるよ」

そうか、確かにその通りだ。

「わかった！　やってみるよ」

僕は荒ぶるモンスターたちを順々に睨《にら》みつけると、その中でももっとも怒りを燃やしているモンスターに照準を定めた。

僕はずいっと左足を前に出して構えると、勢いよくダッシュして、その凶悪な面相のモンスターに向かっていく――


「ふう～、これでようやく全部終わったよ」

僕は額の汗を左手で拭《ぬぐ》い、階段にいるレノアに向かって笑顔を見せた。

「お疲れ様。これでモンスター軍団結成だね」

レノアも僕に笑みを返した。

「そうだね。でも本当に、こんなにたくさんの巨大モンスターたちを収容できる施設なんて、すぐにできるのかな？」

「すぐには無理さ。しばらくの間は屋外で暮らしてもらうことになる。ただ、そもそもモンスターっていうのは自然の中にいるものだからね。問題ないさ」

なるほど。そういえばそうか。

「じゃあ、当分の間は庭で放し飼いみたいなことになるのかな？」

「そうだね。けど、心配いらないよ。モンスターたちは君に臣従の意思を示している。暴れるようなことはないから大丈夫だよ」

確かに、モンスターたちは皆上向きに寝て腹を出している。

あんなに殺気立っていたモンスターたちがみんなだ。

「モンスターって、みんなこうなの？」

僕が首を傾《かし》げていると、レノアが苦笑しながら首を横に振った。

「いや、テイマーの素質がなければ、こうはならないよ」

「テイマー……」

僕は眉根《まゆね》を寄せて呟《つぶや》いた。

「なぜテイマーに臣従するのかはわからない。まだ解明されていないんだ」

「一応僕には、そのテイマーの素質があるってことなのかな？」

レノアは大きく腰を反らし、大口を開けて笑った。

「一応どころの騒ぎじゃないよ！　とんでもない才能だよ！」

「そうなの？」

「そうさ。普通はこんな高レベルのモンスターなんて、テイムできるはずがないんだ」

僕は、周りで腹を上に向けて寝転がっている巨大モンスターたちを見回した。

「でも、そもそも彼らはなんでここにいるんだろう？　一番不思議なのは、ドニークの指示に彼らが従っていたことだよ。もしかしてドニークも、凄《すご》いテイマーの才能があるってこと？」

しかし、レノアは笑顔で首を横に振った。

「ドニークにはそんな才能はないよ」

「じゃあ、どうしてモンスターたちはドニークに従っていたのかな？」

レノアはにやりと笑い、いまだ気を失って横になっているドニークの左手にはめられた指輪をすっと抜き取った。

「これが種明かしさ。こいつは超のつくレアアイテムでね。どんなモンスターもテイムできてしまうという伝説の指輪なのさ」

「伝説の指輪？」

レノアは真剣な表情で指輪を見つめる。

「そう。こいつの名はスレイブルリング。使い方を間違えると物凄《ものすご》く危険な、古代のアーティファクトなのさ」

「アーティファクト……それって僕の蒼龍槍と同じ……」

「そう。その通り。本来こいつは、蒼龍槍と同じく国宝級のお宝なんだよ」

そこで、僕はピンときた。

「そうか！　じゃあ、これもアルデバランの王宮から盗み出されたものってことか！」

だが、レノアは首を横に振った。

「いや、アルデバランの宝物庫の所蔵物には、このスレイブルリングはなかったはずだ」

「あ、なんだ。そうなんだ……」

「いや、そう思ってしまうのも無理はないよ。実際君は、アルデバランから持ち出されたアーティファクトである蒼龍槍を、三か月前に取り返したばかりだしね」

レノアは僕を慰めるように言う。そして、さらに続けた。

「ま、ロッソ・スカルピオーネは、オルダナ周辺では最大の犯罪組織だからね。資金はたっぷりあるだろう」

「つまり、お金で買ったっていうこと？」

「だろうね。闇市場ではなんでもお金で取引されている。アーティファクトも例外ではないさ」

「ふうん……なら、アルデバランの宝物庫から持ち出されたものの中には、闇市場に流れたのもあるかもしれないってこと？」

　レノアが渋《しぶ》い表情でうなずいた。

「ああ、おそらくそうだと思う。混乱の最中、帝国兵に掠《かす》め取られ、闇市場を経て世界中に散らばってしまっただろうと考えると、残念でならないよ」

「そっか……でも、これは違うんだね？」

「ああ。これは別口だね。もしも、スレイブルリングがアルデバランから持ち出されたものだとするなら、ドニークは三か月ほど前にこのリングを手に入れたことになる。だとすると、この三か月の間にこれだけのレアモンスターを集めたということにもなってしまう。だけど、それはいくらスレイブルリングがあるとはいえ、不可能だよ。レアモンスターというのは言葉の通り、とてもレアなんだよ。希少種だし、滅多《めった》に遭遇《そうぐう》することのない存在なんだ。少なく見積もっても、リングを手に入れてから十年以上はかかったんじゃないかな」

　僕は素直に感心した。

「へえ〜、そうなんだ。じゃあ、根気よく集めたってこと？」

「だろうね。モンスターコレクターらしいし」

「そういえば、なんか言っていたね。モンコレ……だっけ？」

「そう。そして君が、新たなモンコレになったというわけさ」

レノアが茶化《ちゃか》すように言った。

僕は思わず苦笑する。

「なんかやだなあ……」

「まあでも、君の場合、モンコレというより、モンレギだね」

僕は意味がわからず首を傾《かし》げた。

「モンレギ？　それは何かの略なの？」

すると、レノアがにんまりと笑みを湛《たた》えた。

「ああ、もちろん。レギオンのレギさ。レギオンっていうのは軍団のことだよ」

「つまり、モンスターレギオンってことか」

「そう、ここに我が軍最強の軍団、モンスターレギオンが誕生したってわけさ」

う〜ん、モンスターレギオンって言われても……

「もしかして、僕が軍団長ってことなのかな？」

僕がそう言うと、レノアが噴き出しそうになった。

「もしかしても何も、モンスターたちと主従関係を結んだのは君なんだから、当然君がモンレギの軍団長に決まっているだろ？」

レノアは完全ににやにやと笑っている。

「軍団長は仕方ないから受け入れるけど、モンレギって言うのだけはやめてよね」

僕は口をへの字に曲げて抗議した。

だが、レノアのにやにやは止まらない。

「そう言われてもなあ、モンスターレギオンって名前長いし。ここはやっぱりモンレギってことで――」

「やめてよね！　なんかすっごい嫌だから」

僕はレノアの言葉を遮《さえぎ》って強めに言った。

「じゃあ、しょうがないか。でも、名前はあった方がいい。何がいいかな？」

レノアもこれ以上からかうのはやめようと思ったらしく、仕方なさげに言った。

「別に名前なんていらないんじゃないの」

僕はまだ口をへの字に曲げたまま答えた。

だが、レノアは首を横に振った。

「いや、名前は大事だよ。便宜上でも対外的にも」

「どういうこと？」

「まず便宜上っていうのは、その方が都合がいいってことさ。彼らを指すとき、名前がないと不便だ。例えば『カズマの率いているモンスターの軍団』なんていちいち言っていられないだろう？　だから、名前をつけておいた方が便利だというのが一つ。次に対外的にというのは、この軍団はレアモンスターばかりの途轍《とてつ》もなく強力な集団だ。しかも、それを率いるのがアルデバラン脱出でその名を轟《とどろ》かせた英雄となれば、さらにその脅威《きょうい》は高まるだろう。我らとすればそれを喧伝《けんでん》しない手はない。その際にはやはり名前があった方がいい。キャッチーな名前なら、当然広まるのも早くなる。ゆえに名前は重要なんだよ。わかってもらえたかな?」

う~ん、確かに。でもやっぱりモンレギは嫌だな。他に何かないかな……

僕が考え込んでいると、レノアが何かひらめいたような顔をした。

「ティラノレギオンはどうだろう?」

「ティラノレギオン? 意味はあるの?」

レノアはにっこり笑う。

「もちろん! 暴虐の軍団って意味だよ」

暴虐の軍団……ティラノレギオン……う~ん、モンレギよりはましかな。

「じゃあ、ティラレギって呼ぶつもりなの?」

するとレノアがすかさず首を横に振った。

「いや、ティラノレギオンは略さずにいこう」

「なんで?」

「その方が格好がいい」

そうかなあ？　……でも、まあいいか。

「なら、それでいいや」

僕が多少投げやりに言うと、レノアが肩をすくめた。

「あんまり気に入ってないみたいだね。ただ、名前なんていうのは、あとからついてくるものさ」

「名前は重要じゃなかったの？」

レノアはにやりと笑った。

「重要さ。ないのとあるのとじゃ大違いだからね。けど、名前がなんであるのかは、大して意味はないのさ」

僕はいまいちレノアの話に納得がいっていないのだが、ベルトールたちが二階から戻ってきたので、この話題も終わってしまった。

「手下の者どもはすべて捕らえました」

ベルトールが首《こうべ》を垂れてレノアに報告した。

「そう。ご苦労様」

レノアは三人にねぎらいの言葉をかけた後、僕に向き直った。

「とりあえず一旦ここへ上がっておいでよ」

「わかった」

僕は膝を曲げて腰を折り、全身の力を足に込めて跳《と》んだ。

僕が階段のところに到達すると、レノアが軽く拍手《はくしゅ》をした。

「お見事。何度見ても凄《すご》い跳躍力だ」

正面きって褒《ほ》められると照れてしまう。

「そんなことはないよ。それより、この後どうするの？」

「まずは、ドニークを連れて上にあがろう。階段にいるままじゃ話もしづらいよ」

ということで、僕が気絶しているドニークを背負い、みんなで二階にあがった。

隅の方では、ベルトールの言う通りドニークの手下たちが猿ぐつわをかまされ、手足を縛《しば》られていた。おまけに気絶している。

僕がドニークを床に降ろすと、レノアはベルトールを見た。

「すまないが回復魔法をドニークにかけてくれないか？　さっきから起こそうとしているんだが、ダメージが大きかったらしくて起きないんだ」

「えっ！　それってもしかして僕のせいじゃ……」

しかし、レノアは右手を軽く上げて僕を制した。

「大丈夫。命に別状はない。ちょっと当たりどころが悪かっただけだよ」

「でも……」

僕が悩んでいる間に、ベルトールはドニークのそばでひざまずき、手をかざした。

「大丈夫ですよ。すぐにわたくしが回復魔法をかけますので」

ベルトールの右手がほんのり緑色に染まりはじめた。

その色は次第に色濃くなり、青に近くなる。

それは、以前アリアスが回復魔法を使ったときの光とは、まるで色が違っていた。

「凄《すご》く色が濃いね……」

「そうだね。ベルトールはAランクの回復魔法使いだから、どうしたって色は濃くなるよ。その代わり、回復量も桁違《けたちが》いだ」

レノアが解説を終える頃、ベルトールが「ヒール」と唱えた。

すると、ベルトールの右腕から発せられた青緑色の光がドニークに移り、全身を包んだ。

すぐにドニークが目をぱちりと開けた。

「う……ここは……」

少し寝ぼけたような声だ。

「君のアジトだよ」

レノアが答える。

「アジト……俺様の……うん？　お前は誰だ？」

「僕かい？　君の敵さ」

「そうか……敵か…………うん？　敵だとーーーーーーーーーーーーーーーーーーーーーーーーー！」

ドニークは叫《さけ》ぶなり、ばねのように勢いよく上半身を起こした。

続いてあたりを見回し、自らの配下が縛《しば》られて気絶していることを確認した。

「……き、貴様ら……この俺様に何をするつもりだ」

やっと自分の状況を把握《はあく》したらしい。

「決まっているだろ？　尋問《じんもん》さ。いやでも、もしかしたら拷問《ごうもん》になっちゃうかもね～」

レノアは意地の悪い笑みを浮かべている。

「ご、拷問《ごうもん》だと？　この俺様にか？　貴様ら！　この俺様に対してこんなことをしてただで済むと思っているのか！」

ドニークが闇社会のボスらしくドスを利かせた声で叫《さけ》んだ。

だが、レノアが怖気《おじけ》づくはずもない。

「ただで済むよ。なにせ、君の配下はすでに一網打尽だ」

一方、ドニークも怯《ひる》まない。

「ふん！　馬鹿を言え！　俺の配下はここにいる連中だけじゃない。他にもごっそりいるんだよ！」

そう言って、レノアを鼻で笑った。

けれど——

「知っているよ。大きいところだとレゾナの町はずれと、ガイールの町はずれ、それにシントとロエウルの町の間にあるアジト。まあ、すでに僕の配下によって壊滅している頃だろうね」

さすがにドニークの顔色が変わった。

「な、そんな馬鹿な……」

レノアがドニークにすっと顔を近づけた。

「君さ、軍を舐《な》めすぎなんだよ。わかっているんだろう？　僕らはアルデバラン王国軍の者だ。そして、僕はその中で一隊を率いている。僕らが本気になれば、一犯罪組織なんて、あっという間に壊滅させられるんだよ」

「ば、馬鹿な……」

「馬鹿なことなんて僕はひとことも言ってないよ。たかがマフィアの分際で、一国の王女を暗殺しようなんて大それたことをすればどうなるか、このあと身をもって知るがいいさ」

すると、ドニークの目の色が明らかに変わった。

それまでの強気がなりをひそめ、怯《おび》えた光を漂わせはじめる。

「ま、待ってくれ……俺たちゃ別に……そんなつもりじゃ……」

「そんなつもりじゃなかった？　だからなんだ？　それで僕らがお前たちを見逃すとでも思っているのか？　こっちはね……自分の命よりも大事な王女様を狙われたんだよ？　そんなつもりじゃありませんでしたって言われて、はいそうですかと引くわけないだろう？」

レノアは冷静そのものといった様子で、特に声を荒《あら》らげることもなく、静かにそう言った。

ドニークの怯《おび》えがさらに強まった。

「い、いや、そんな……す、すまねえ……俺たちゃそんな大事《おおごと》になるなんて……」

レノアが能面のように冷酷な顔で告げる。

「そんなわけがないだろう。一国の王女の命を狙って大事《おおごと》になるとは思わなかったなんて、そんな言い訳が通じると、お前は本気で思っているのか？」

そして、さらにドニークに顔を近づけた。

「いいや、違う違う。ただお前は僕らを見くびっていただけだ。高をくくっていただけだ。舐《な》めていただけなんだよ。そうだろ？」

レノアは無表情のまま凄《すご》む。

「ゆ、許してくれ……」

ドニークが消え入りそうな声で、ようやくそれだけ言った。

そこへ、突然レノアがにこりと微笑《ほほえ》んだ。

ドニークはレノアに許されたと思ったようで、引きつりながらも笑みを作った。

次の瞬間、レノアの顔が能面に戻った。

「ひぃっ！」

ドニークは顔全体を引きつらせて小さく悲鳴を上げた。

その様子を見て、レノアが口の端をくいっと上げる。

ドニークは身体をガタガタと震わせた。

レノアはその様子もじっくり観察してから口を開いた。

「許してほしいのか？」

「あ、ああ……いや、お、お願いします。ゆ、許してください」

レノアは十秒ほど間を空《あ》けて答える。

「だめだな」

ドニークは完全に震え上がってしまった。

「お、お願いだ……いや、お、お願いします。許して……」

「だめだ。お前は心の底ではまだ僕に服従していない。そうだろう？」

ドニークは必死に首を横に振った。

「ち、違う！　そんなことはない！　……です。あ、あんたたちの恐ろしさは重々……だから、ゆ、許して……」

ドニークは今にも泣き出しそうだった。

レノアがまたもじっとドニークの顔を様々な角度から観察した。

そしてようやく満足したのか、口を開いた。

「では僕に服従するかい？」

ドニークは勢いよくぶんぶんと首を縦に振った。

「も、もちろんでさあ！」

それを見たレノアは重々しくうなずき、ゆっくりと懐《ふところ》からナイフを取り出し、ドニークに差し出した。

「受け取れ」

ドニークは困惑しつつも、自分に他の選択肢はないとばかりにナイフを受け取った。

「それで自分の手のひらを刺し貫け」

えっ!?　本当に？

僕が驚きドニークを見ると、また全身を震わせていた。

だが、レノアはまったく容赦《ようしゃ》しない。

「さあ、早く。僕に服従を示すのだろう？　このくらいは簡単にできるはずだ」

「ま、待ってくれ……自分で刺すなんて……」

「自分でやるんだ。王女殿下の命を狙うことを請け負ったのはお前だ。ならば自分で責めを負え」

レノアは冷酷に言い放つ。

確かに。ドニークはアリアスの命を奪うことを請け負ったんだ。なら当然、その報《むく》いは受けなければ……

ドニークは覚悟を決めたのか、唾《つば》をゴクンと飲み込んだ。

震える手でナイフを鞘《さや》からゆっくりと抜き放つ。

しかし、まだ完全には決心がつかないようで、ナイフの刀身を見つめたまま動かない。

いや、手も身体も震えてはいる。だが、そこから先へは動けないようだ。

すると、レノアがドニークに顔を近づけた。

「それとも僕を刺してみるかい？　ほら、すぐ近いところに僕の顔があるよ。なんなら、ひと思いに刺してみたらどうだい？」

ドニークは震えながらも首を横に振った。

ガタガタと奥歯も震わせつつ、手のひらを床の上に置いた。

「そう、僕のことは刺さないのか。じゃあ自分で自分の手のひらを刺し貫くんだね？」

レノアがさもつまらなそうに言った。

ドニークはナイフを持ったまま震える右手を、床に置く左手の上に持ってきた。

そしてもう一度、生唾《なまつば》を飲み込んだあと、ようやく覚悟を決めたのか、大きく息を吸い――

「うう……う……うおぉぉーーー！」

ドニークは気合を入れて、ナイフを突き下ろした。

ナイフがドニークの左手の甲を突き破り、床に突き立つ。

「ぐおっ！　……う、うう……」

ドニークが痛みに耐えかね、うめき声を上げた。

見ると血が手の甲から噴き上がっている。

これは痛そうだ。

僕が顔をしかめていると、レノアがさらに信じられないことを言う。

「じゃあ、次は左手を切り落としてくれるかな？」

僕があまりのことに二の句が継げないでいると、レノアが平然とした様子で続ける。

「聞こえなかった？　左手を切り落とせって言ったんだよ」

ナイフにより刺し貫かれた手の甲を見つめているドニークは返答ができないでいる。

僕も自分の耳を疑った。

僕とレノアの付き合いは短い。ていうか、なんなら今日会ったばかりだ。だけど、あっという間に仲良くなれたと思ったし、なんというか昔からの友人のような気分ですらあった。

だから、レノアの発言は信じられなかった。

だけど、もう一度同じことがレノアの口から発せられた。

僕が聞き違えていたわけじゃない。レノアが実際に言ったんだ。自分で自分の手を切り落とせ……と。

僕はレノアを止めるために、彼に近づこうとした。

だけど、そんな僕の胸を何者かが手で押しとどめた。

僕がその手の主を見ると、ベルトールだった。

僕が眉根《まゆね》を寄せたら、彼は自分の口元に人差し指を当てた。

うん？　どういう意味だ？

悩んでいる僕に、さらにベルトールはそのままにやりと微笑《ほほえ》んだ。

やっぱりよくわからない僕は眉根《まゆね》をキュッと寄せ、その向こうにいるシモーヌとアッザスを見た。

彼らもなぜか笑みを浮かべている。

しかも二人とも、僕に対して唇《くちびる》に人差し指を当てていた。

もしかして、この件に口を挟むなということか？

僕が改めてベルトールを見ると、彼はこくんとうなずいた。

シモーヌとアッザスもうなずいた。

やっぱりそうなのか？　この場はレノアに任せろということなのか？

僕は半信半疑ではあったが、黙ることとした。

「もう一度言わせたいのか？　手を切り落とせ。そうすればお前を信用してやろう」

レノアがまたも言い放った。

痛みのせいか、それとも恐怖心からか、ドニークの顔中から脂汗《あぶらあせ》が大量に浮き出ている。

やがて彼は、ついに左手の甲に刺さったナイフを抜き取った。

かなりの量の鮮血が一気に噴き上がる。

ドニークが痛みに顔を歪《ゆが》めた。

だが、やはりレノアの表情は変わらない。冷徹にドニークを見据えている。

ドニークは歯の根が合わないようで、ガチガチと硬質な音を鳴らし続けていた。

「さあ、左手をもう一度床の上に置くんだ。そして手首にナイフを突き立て、勢いよく切り落とすんだよ」

レノアが凄《すご》みをきかせてドニークに迫る。

ドニークは瞳を震わせ、今にも涙がこぼれ落ちそうになっている。

僕も泣きそうだ。

この目の前で展開されている、あまりにも残酷な状況にこれ以上耐えられそうもない。

しかしそのとき、ドニークがナイフを再び床にドンッと突き立てた。

僕は、目を見開いた。

やるのか？　本当に自分で自分の手を切り落とすのか？

僕はまたも生唾《なまつば》を飲み込もうとした。だが僕の喉《のど》はもうカラカラに干からびており、飲み込める唾《つば》はなかった。

恐怖に歪《ゆが》んだ表情のドニークは、突き立てたナイフを逆手《さかて》に握った。

そして、自らの左手をその手前に置いた。

床に突き立ったナイフを倒せば手が切れる。

残酷すぎる。見ていられない。

確かに、僕は帝国との戦いで、たくさんの兵を斬った。

でも、それは戦闘の中でのこと。

どちらも覚悟し、正々堂々と斬り合った上でのことだ。

目の前の光景は、そうじゃない。これは陰湿だ。綺麗事《きれいごと》かもしれないけど、僕はこういうのは嫌だ。

レノアはドニークを、動物を観察するような冷徹な目で見続けている。

ドニークは息荒く、顔中から脂汗《あぶらあせ》を噴き出し、目は虚《うつ》ろだった。

もはや考える意思を失っているようにすら見える。

「さあ、やれ。これが王女殿下に弓引く者が受ける報《むく》いだ」

レノアの冷厳な声が、ドニークに降り注がれた。

ドニークがナイフを握る手に力を込める。

荒くなった息を止めた。

ドニークがついに勢いよくナイフを倒そうとしたその瞬間――彼の腕をレノアが掴《つか》んだ。

「味わったかい？」

レノアが普段の声音《こわね》で言った。

ドニークは、何が何やらわからないといった様子で呆《ほう》けている。

「二度と王女殿下に弓引くことは許さない。もしもすれば、今以上の恐怖をお前に与えたのち、殺す。いいね？」

レノアの言葉に、ドニークは無言で何度もうなずいた。

レノアはそれを確認すると、ベルトールを見上げた。

「ヒールをかけてあげてくれ」

ベルトールは笑みを浮かべてうなずき、すぐさまひざまずいてドニークの血まみれの手にヒールをかけた。

レノアは僕に笑みを見せ、右手の人差し指を立てて、くいっくいっと手前に倒しながら、部屋の奥へと歩いていった。

僕は怪訝《けげん》に思いつつも、後を追った。

レノアはドニークから少し離れた先の壁にもたれかかった。

「びっくりした？」

僕はうんうんと何度も大きくうなずいた。

「だよね？　でもまあ、あれくらい脅《おど》しておかなければ手なずけられないからね」

「手なずけるって……ドニークたちを手下にでもするつもり？」

すると、レノアが首を縦に振った。

「その通りだよ。僕らは戦力が足りないんだ。なんといっても、数があまりにも少ない。だったら、どんな勢力であっても、味方に組み入れることができるのならばそうするよ」

「でも犯罪組織だよ？　マフィアだよ？」

「そうさ。だから、骨の髄《ずい》まで恐怖を染み込ませたのさ。やつらを手なずけるのに有効なのは、金か恐怖だ。金はもったいないのでね。恐怖を植えつけた」

「本当に従うかな？」

「従うよ。とりあえずはね。もっとも、いざってときは頼りにならない。裏切りを考慮しないといといけないからね。まあ、そういう関係さ」

「ふうん……」

僕はわかったような、そうでないような、曖昧《あいまい》な感じで答えた。

そこでふと、ドニークとの会話中にレノアが言っていたことを思い出した。

「そういえば、ロッソ・スカルピオーネの他のアジトも壊滅させちゃったんだよね？　だったら、戦力っていっても、大したことなくなっちゃうんじゃないの？」

僕の問いかけに、レノアはとぼけた表情をした。

「そういえば、そんなこと言ったっけ。でもさ、今も言った通り、僕らは数が足りないんだ。だから当然、いろんなアジトを襲えるような戦力なんてあるわけないさ」

「じゃあ、さっきのは嘘ってこと？」

僕が尋《たず》ねると、レノアが大笑いした。

「ああ、そうだよ。無論、どこにアジトがあるのかは調査済みだけどね」

「なあんだ、そうだったのか」

「嘘も方便さ。使い方次第で威力《いりょく》を発揮するよ」

「確かに、ドニークには効いたみたいだね」

「ああ。それを聞いた瞬間、顔色が変わったからね」

「でもさ、他のアジトが潰《つぶ》されていないってことは、あとあとドニークにばれるんじゃないかな？　そうなったら、さっきの脅《おど》しの効果はなくなるんじゃないの？」

レノアが嬉しそうな顔をする。

「目のつけどころがなかなかいいね。でもね、一回植えつけられた恐怖っていうのは、そう簡単に覆《くつがえ》らないものさ。あとで騙《だま》されたとわかったところで、反抗しようという気にはなかなかならないものだよ」

そうか、だからあれだけ念入りにやったのか……確かに反抗しようという気が失せるかもしれないな。

僕はようやく納得したので、他のことを尋《たず》ねる。

「ところで、レアモンスターたちはどうすればいいかな？」

レノアはすぐに返事をせず、腕を組んで考え込んだ。

やがて考えがまとまったらしく、ゆっくりと口を開いた。

「ここに置いていくわけにはいかないからね。連れていきたいところだが……」

レノアはそこで言葉を止めると、階段の方を見た。

「とはいえ、どうやって上にあげたものか……」

レノアはドニークのそばに行った。

「あのモンスターたちを上にあげたいんだけど、他に階段はあるのかな？」

「あ、ああ。あの地下には、階段がある。そこからなら地上に出られる」

ドニークは、レノアに声をかけられた瞬間身体をびくつかせたものの、すぐに答えた。

「そう。ありがとう」

レノアがにこりと笑って礼を言うと、ドニークがまたも身体をびくつかせた。

どうやら脅《おど》しは骨の髄《ずい》まで染み込んでいるらしい。

「そういうわけだから、彼らを外に出してくれる？　君の命令なら問題なく聞くから、頼んだよ」

レノアに言われて、僕は笑顔でうなずいた。

「わかった。じゃあ、外に出たところで待っていればいいのかな？」

「ああ、そうしてくれ。僕らはドニークを含め、ロッソ・スカルピオーネの連中を連れ出すから」

ここで僕は重要なことを思い出した。

「でもさ、だとするとゼークル伯爵のところは……」

レノアが肩をすくめた。

「残念ながら後日だね。今日のところはこの戦果を率いて凱旋《がいせん》するとしよう」

僕は、巨大レアモンスターたちを引き連れて街道を往く光景を想像した。

「凱旋《がいせん》か……沿道は大騒ぎになりそうだけど……」

レノアが呵々大笑《かかたいしょう》した。

「だろうね。こんな巨大モンスターたちの大行進を見ることなんてまず有り得ないからね。もしかしたら話題が話題を呼んで、先々の町では沿道に大行列ができて、屋台くらい出るかもね」

「えっ！　それはいいな……僕も屋台でいろいろなものを食べてみたい」

「同感だよ。せっかくだし、レアモンスターの大行進祭りを僕たちも楽しむとしようか」

僕とレノアは笑った。

聞いていたベルトールたちも笑う。

ドニークのみ、頬《ほお》を引きつらせて愛想笑いをしていたが……

とにもかくにも、僕らのロッソ・スカルピオーネ殲滅《せんめつ》作戦は、こうして幕を下ろした。

第二章　祭り？

「いやあ、本当に凄《すご》い熱狂だったね！」

僕は行く先々の町での歓迎ぶりを思い出し、興奮していた。

レノアも笑顔で同意する。

「屋台料理も充分に堪能《たんのう》したし、楽しい三日間だったね」

僕らはロッソ・スカルピオーネのアジトがあったタルノ村から、ここオルダナ王国の首都ミラベルトまで、早馬で五時間の距離をゆっくり三日かけて戻ってきた。

そもそも、巨大なレアモンスターたちを引き連れての道中でもあり、とてもではないが一日で行ける距離ではない。

そのためか、途中にある町の人々の熱狂ぶりというのは凄《すご》いものがあった。

町から町へと噂が噂を呼び、行く先々でレアモンスターたちを一目見ようと、沿道には大行列ができていた。

僕らは熱烈な歓迎を受けながら移動しつつ、この道中をじっくりと楽しんだ。

「それにしても面白かったよ！　レアモンスターたちの宿泊場所がないから、町はずれの原っぱなんかで寝泊まりしたんだけど、そこでも夜を徹して見物客がひっきりなしに来たからね！」

ここで急に、レノアがトーンを落とした。

「……まあ、一般の人は巨大モンスターを見る機会なんてまずないからね」

「そうか！　しかもその巨大モンスターたちが大人しいわけだから、それじゃあ、みんな熱狂的になるよね！　ほんと、行く先々の子供たちも凄《すご》い楽しそうにレアモンスターたちに触っていて、こっちまで嬉しくなったよね！　それに、いろんな屋台が出ていて、そりゃあもうすんごい楽しかったよ！　ね、レノア！」

さらに、レノアはだいぶ態度を変え、なぜか恐縮気味に答える。

「……そうだね。まあ、商人は機を見るに敏《びん》だからね。商売のチャンスだと思えば、すぐに屋台ぐらいは出すんだろう」

「そうだね！　やっぱり凄《すご》いよね！　いろいろあったなあ……でもみんな美味《おい》しかった！　それにいろんなゲームの屋台もあってね！　すんごい楽しかったんだ！　ね、レノア！」

レノアは咳《せき》ばらいをした。

僕は意味がわからず、素直に尋《たず》ねる。

「どうしたの？　どこか具合でも悪いの？」

すると、レノアではなく――反対側のソファーに座るアリアスが、こめかみをピクピクと痙攣《けいれん》させつつ言った。

「へえ～、ずいぶんと楽しそうね」

僕はさっきからアリアスが全然しゃべらなかったため、体調でも悪いのかと思っていたが、どうもそうではなかったらしい。

僕はよかったと思い、アリアスに目いっぱいの笑顔を見せた。

「うん！　凄《すご》い楽しかったよ！」

アリアスはやはりこめかみや頬《ほお》をピクピクと引きつらせている。

「そう……二人だけで、ずいぶんと楽しんだのね……三日間も二人だけで……そう、楽しそうでよかったわねえ……わたしはずっとここにいたのだけれど？」

え？

僕は、横に座るレノアを見た。

だが、レノアはそっぽを向いて、目を合せようとはしない。

僕はさらに、その奥にいるメルアたちを見た。

メルアたちもまた、僕とは決して目を合わせようとしない。

僕はようやくそこである程度状況を理解した。

「あのう……もしかして、アリアスも行きたかった？」

「いいえ、わたしはいいわ。また今度同じようなことがあっても、二人だけで楽しんできたらいいわ」

目が据《す》わっているアリアスは口の端をくいっと上げた。


「……アリアス、怒っていたね……」

僕はアリアスの部屋を辞するなり、並んで歩くレノアに消え入りそうな声で言った。

「……そうだね。殿下は祭りに参加できなかったからね……」

レノアも、沈んだ暗い表情で答えた。

「うん……でも、あんなに怒るとは思わなかったよ……」

「どうやら、かなりストレスを溜《た》め込んでおられるようだ」

「そうか……オルダナに来て以降、全然国の復興に進展が見られないからね……」

「それに、当然のことながらオルダナ王宮内に反対勢力が多くいる。日頃その説得に尽力されているが、なかなか難しい状況だからね。うっぷんが溜《た》まっておられたということだろうね」

う〜ん、やってしまった。わかっていたのに……アリアスがストレスを溜《た》め込んでいることに気づいていたはずなのに……

自分たちだけで楽しんで、アリアスのことを気遣ってやれなかった。

最悪だ……それは怒るよね。

レノアが急に立ち止まった。

先に進んでいた僕がなんだろうと思い振り返ると、レノアは笑っていた。

「どうしたの？　急に笑顔になって……」

レノアは笑顔のまま口を開いた。

「祭りをやろうよ。もう一度」

「祭り？　え、でもいいのかな？　勝手にやっても」

「問題ない。名目はある」

「名目？　どんな？」

レノアが両手を大きく広げた。

「今からちょうど一週間後は、アルデバラン王国の建国記念日なんだよ！」

「えっ!?　そうなの？」

「ああ、これ以上ない名目だろ？　建国記念日をみんなで祝うのさ。これは対外的にも格好のアピールの場となる。アルデバラン王国はまだ死んでない。アリアス王女がいらっしゃるとね。しかも、その祭りを巨大モンスターたちが彩る。そして君もだ」

「えっ！　僕も？」

「当然だ。主役はもちろんアリアス王女殿下だ。でも、君ももう一人の主役さ。君は殿下を窮地《きゅうち》から救い出した英雄であり、そしてアルデバラン王国再建の立役者となるべき人だからね。君と、君の恐るべき軍団を世界に向けて大々的にアピールするんだよ！」

唐突な話に、僕は混乱してしまった。

「えっ！　でも僕なんて……僕はどうしたらいいの？」

レノアは肩をすくめる。

「別に何もしなくていいさ。準備はすべて僕たちがやる。君はいてくれるだけでいい」

「本当に？　何にもしなくていいの？」

「ああ。やってもらうことがあるとするならば、当日にティラノレギオンをそれぞれ所定の場所に配置してほしい」

それなら簡単だ。道中でもみんな僕の言うことを聞いて大人しかった。

「それなら大丈夫。問題なくできるよ」

「よし！　なら、僕らは建国祭の準備に入るよ」

「え、じゃあ僕は？」

レノアは軽く肩をすくめた。

「ティラノレギオンと訓練でもしていたらどうかな?」

ああ、いいかも。戦えば戦うほど僕のレベルは上がるし、そうすることでティラノレギオンをもっと上手く扱えるようになるかもしれない。

「わかった。じゃあ、僕はそうするよ」

「ああ、お互いに頑張《がんば》ろう!」

「うん! そうだね!」

僕は一週間後の祭りを楽しみにするとともに、ティラノレギオンとの特訓にわくわくした。


「よっと」

僕はひらりと身をひるがえして、巨大な丸太のような腕から繰り出される攻撃を躱《かわ》し、左足に力を込めて大地を力強く蹴った。僕の身体が宙を舞う。

「いっくぞーーーーー!」

僕は一度引いた右腕を前に突き出した。

鈍《にぶ》く大きな衝撃音が鳴り響く。

次いで山のような巨体が吹き飛んだ。

「どうだーーーーー!」

僕は地面に着地すると、雄叫《おたけ》びを上げた。

周りの巨体——ティラノレギオンの面々は皆、地面に倒れ伏して動かない。

僕は額の汗を拭《ぬぐ》い、笑った。

「ふう～、いい特訓だった」

パチパチパチ。

僕の後背から、拍手《はくしゅ》の音がする。

振り返ると、満面の笑みのアリアスがいた。

僕はアリアスに駆け寄る。

「また見てたんだ」

「もちろんよ。だっていつ見ても凄《すご》いもの。毎日見ていても飽《あ》きないわ」

アリアスは楽しそうに答えた。

へへへ。僕は照れ隠しに頭をかいた。

あれから一週間、アリアスは毎日のように、居館の中庭でやっている僕とレアモンスターたちとの特訓を見学しに来ている。

「明日の建国祭でも戦うんでしょ？」

そう、建国祭はもう明日だ。

レノアたちがこの一週間、必死に準備に駆け回ってくれたおかげだ。

一週間前の道中行列がオルダナ王国中の話題となっているらしく、明日の祭りの人出はとんでもないことになりそうだと、レノアが言っていた。

オルダナに駐在する各国の大使にも招待状を送っているという。

そんな明日の建国祭のメインイベントと目《もく》されているのが、僕とレアモンスターたちとのエキシビションマッチだった。

「大丈夫かな？　みんな喜んでくれるかな？」

アリアスが今にも噴き出しそうな顔をする。

「大丈夫に決まっているじゃない！　こんなに凄《すご》いもの、喜ばないはずがないわ。わたしなんて、この一週間毎日見たって飽《あ》きないんだから」

そう言ってもらえると嬉しいな。

「よかった。じゃあ明日も頑張《がんば》らなくっちゃ」

「そうね。でもあんまり張り切りすぎると大変よ。このレアモンスターたちはあなたにとって初めてのペットなんですって？」

「うん、そうなんだ。僕、今までペットと呼べるものを飼ったことがなくて」

「だったら、余計に大事にしなくちゃ。あなたが本気で戦ったら、彼らが大怪我《おおけが》しちゃうもの」

アリアスはそう言ってケラケラと明るく笑った。

よかった。アリアスが喜んでくれているのが一番嬉しい。

そうして、僕は明日の建国祭へ向けて気合を入れ直した。


僕がレアモンスターたちとの特訓を終え、汗を流すために風呂場に向かって廊下を歩いていると、前からやってくるレノアとその配下のベルトールに出くわした。

「あ、レノア！」

僕は笑顔でレノアに手を振った。

すると、レノアも笑みを浮かべて手を振り返してくれた。

そして合流すると、レノアが言った。

「やあ、特訓の方はどうだい？」

僕は満面の笑みでうなずいた。

「うん！　かなりいいよ。いろんなレアモンスターがいるからね。攻撃のバリエーションも豊富だし、かなりレベルアップできたと思うよ」

「そう。それはよかった。やはり、タイプの違うモンスターたちってところが重要だったね。戦いのバリエーションが増えるのは、とてもいいことだよ」

「そうだね。それに、いろいろな特殊攻撃を持っているから、僕も多くの耐性をつけられたよ」

「なるほど。攻撃力だけではなく、防御力も上がったようですな」

レノアの右斜め後ろに控えるベルトールが感心しながら言った。

「うん。そうだと思う」

「これはこれは。先日のロッソ・スカルピオーネとの戦いでは、わたくしたちはほとんど活躍の場がなかったものですから、次の戦いこそはと思っていたのですが……こうなりますと、次も同じように我らは出番なしということになりますかな？」

ベルトールはレノアに問いかけた。

レノアは急に表情を引き締《し》めた。

「さて、そこだ。カズマ、ちょっと話があるんだ。いいかな？」

僕はいぶかしく思いつつも、レノアたちに従って近くの部屋に入った。

レノアは部屋に入ると中を見回し、安全を確認してから口を開いた。

「カズマ、明日のことなんだけど……」

「うん。建国祭のことだね？」

「ああ。おそらくだが、殿下の安全を脅《おびや》かす輩《やから》が現れると思う」

「えっ⁉」

僕は思わず大きな声を出してしまった。

レノアがすかさず、微笑を浮かべながらも、右手の人差し指を自らの唇《くちびる》に当てた。

僕は慌《あわ》てて声をひそめた。

「誰がアリアスを襲うっていうの？」

レノアは首を横に振った。

「まだわからない。我々としては、敵が誰かと事前に見極めようとするのではなく、来た敵を全方位で迎撃し続けることが重要なんだ」

僕はレノアの言葉を頭の中で整理し、自分なりに言い換えてみた。

「つまり、敵の正体は考えずに、来た敵をとにかく倒すってこと？」

レノアがうなずいた。

「そうだ。敵の姿を事前に想像すれば、別の敵が現れたときに対応が遅れるだろう？　だから、敵が何者かなんて考えずに、とにかく片っ端から来た敵を迎え撃つことが肝要なんだ」

「なるほど。よくわかったよ。僕はアリアスのそばで、来る敵を倒しまくればいいんだね？」

「そう。ただし、君がレアモンスターたちと戦うエキシビションマッチの間は、僕らが厳重に殿下のそばを固める。それ以外のときは君に頼みたい」

「わかった！　まかせてよ！」

僕は力強くそう答えると、大きく息を吐《は》き出して中空を睨《にら》みつけた。

「よ〜し、頑張《がんば》るぞ！」

やる気が出てきた。

そこで、風呂場に向かうのをやめ、居館の中庭を横切り、再びレアモンスターたちのところへと戻ってきた。

「さあ、みんな！　もう一度特訓だ！」

僕は張り切って声をかけた。

だが、彼らはそうではなかった。皆一様に顔を背け、聞こえなかったふりをしている。

「あれ？　みんなどうしたの？」

僕が問いかけても、誰もこちらを向いてくれない。

僕が首を傾《かし》げていると、後ろから声がかかった。

「モンスターちゃんたち、きっと疲れちゃってるんですよ」

僕が振り返ると、侍女のメルアがいた。

「そうなの？」

メルアはうなずいた。

「それはそうですよ。このところずっと特訓していたでしょ？　だから、疲れが溜《た》まっているんですよ」

「そうか……じゃあ、仕方がないか」

そう言った途端、レアモンスターたちに動きがあった。

彼らを見ると、何かを訴えかけるような眼差《まなざ》しを僕に送っている。

僕は再び振り返ってメルアに言った。

「どうやらメルアの言った通りみたいだね」

「でしょ？　休ませてあげましょう」

メルアは満面の笑みで答えた。

僕がうなずくと、レアモンスターたちが一斉に猫なで声を発した。

僕は思わず肩をすくめた。

「じゃあ、今日は終わり！　明日に備えてゆっくり休んでね」

僕はレアモンスターたちにそう告げると、メルアとともに居館へ戻った。

「僕はお風呂に入ってくるよ」

メルアは笑顔でうなずいた。

「わかりました。ではまた」

僕は手を振ってメルアと別れ、風呂場に向かって歩き出した。

すると、正面からギャレットが歩いてきた。

「こんにちは。どうですか明日の準備は」

僕は笑顔でギャレットに挨拶《あいさつ》した。

ギャレットも笑顔でうなずく。

「うむ。明日の警備は万全だ。とはいっても、最後のところはお前が頼りだがな」

「はい。建国祭は近くの公園で行われるんですよね？」

「そうだ。ベラルクス大公園だ」

「かなり大きな公園ですよね？」

「うむ。相当に大きい。周囲五キロほどあるからな」

「なら、警備は大変なんじゃないですか？」

「外周に関しては、オルダナ王国軍に依頼した。我らが担当するのは公園内だけだ」

「それでも相当大変ですよね？」

「そうだな。だが、今や我が軍には二千を超《こ》える兵士たちが集まっている。総出でかかれば大したことではないさ」

「頼もしいですね」

「うむ、まあ、お前の出番がないのが一番だからな」

「でも、いろんな敵が来るかもしれないんですよね？」

「そうだな。ベルガン帝国はもちろん、オルダナ宮廷内にいるであろう、我らを厄介者《やっかいもの》と思っているやつらもな」

僕はうなずいた。だが、少しだけ口元をゆるめた。

「ダメですよ、ギャレットさん。敵を想定してはいけません。そうすれば、想定外の敵が現れたときに戸惑《とまど》ってしまうでしょ？　だから、敵のことは考えずに、来る敵を手当たり次第に叩《たた》くんです」

ギャレットが驚いた表情を見せた。

「なるほど……確かにそうだな。ベルガンやオルダナ宮廷内以外にも敵がいるかもしれないからな。ふむ、肝に銘じておこう」

僕は、胸を張った。

しかし、そんな僕を見て、ギャレットがすかさず言った。

「だが、それはお前の独創か？　いや、そうではあるまい。思うにレノアあたりに教えられたことをそのまま言っただけなんじゃないか？」

そして、にやりと笑った。

「……まあ、そうですけど……」

僕が口をとがらせると、ギャレットは大いに笑った。僕もつられて笑ってしまう。

明日は楽しみな建国祭だ。
何事も起こらなければいいのだけど……

＊

「楽しみね！」
アリアスが弾んだ声で僕に言った。
「そうだね！」
僕も少しだけ上気した声で答える。
今日は念願の建国祭の日だ。
居館からほど近いベラルクス大公園で催される。
この建国祭には、オルダナ王国駐在の各国大使たちも多数参列する予定だ。
つまり、この祭りはただの祭りじゃない。
アルデバラン王国は、確かにベルガン帝国によって滅ぼされた。
現在その領土は、ベルガン帝国によって支配されている。
だが、まだアルデバラン王国再興の芽はある。

それを担《にな》うのがアリアスだ。

アリアスの旗のもとに、旧アルデバラン王国軍を結集し、いつの日か軍を興《おこ》す。

そのためのアピールの場が、この建国祭だった。

「いろんな屋台が出るのよね？」

アリアスがわくわくした顔で僕に問いかける。

「うん。たくさん出るらしいよ」

「そう。楽しみね～」

アリアスは無邪気に祭りを楽しむつもりだ。

無論、アリアスもこの祭りが外交上重要な場であることは理解している。

各国大使との歓談の場だってちゃんと用意してある。

だがそれ以外に、アリアスがきちんと楽しめるように自由時間を設けてあるのだ。

この祭りを企画したそもそもの理由は、アリアスが僕とレノアが楽しんだ〝祭り〟に参加できなかったことにすねたからなので、今回も楽しめなかったら大変だ。

だから、自由時間は必須だった。

「ねえ、どんな屋台が出るのかしら？」

「ありとあらゆる屋台が出るんじゃないかな？　なにせ、ベラルクス大公園は大きいからね」

「そうね。一度行ったことがあるけど、とても大きかったわ。よくあんな大きな公園をこんな短期間のうちに借りられたわね？」

僕は肩をすくめた。

「レノアが相当苦心したらしいよ。なにせ一週間しかなかったからね。いろんなところに出向いて調整したらしい」

「ふうん、なら、あとでねぎらってあげないとね」

僕は笑顔でうなずいた。

「そうだね。アリアスからねぎらいの言葉をもらえたら、レノアも喜ぶと思うよ」

「わかったわ。ところで、カズマはずっとわたしのそばにいてくれるの？」

「うん。ただ、レアモンスターとのエキシビションマッチのときは離れるけどね」

「ああ、そうね。でもそれはわたしも見学するわよ。だから、今日はほとんどずっと一緒ね」

「うん。僕がずっとそばにいるから安心して。もしかしたら、変なことを考える人とかいるかもしれないけど、絶対に僕が護《まも》るからね」

「もちろん安心しているわ。よろしくね」

アリアスは笑顔で答えた。

「やあカズマ、準備はいいかい？」

レノアが僕に近づいてきて言った。

「もちろん、いつでもいいよ」

「よし、沿道はもう人でいっぱいだ。今か今かとレアモンスターたちの登場を心待ちにしているよ」

「そんなに人がいるの？」

「ああ。立錐《りっすい》の余地もないよ」

「そうなんだ……ちょっと緊張するね」

「大丈夫さ。堂々としていれば。なにせ君は、王女殿下とともに馬車に乗り、レアモンスターたちを先導する形で大公園まで移動するんだからね。注目の的《まと》なんだから、しっかりしてくれよ」

う～ん、そう言われると余計に緊張するな。

「じゃあ、僕たちが先頭なんだね？」

「いや、我が軍の兵士がまず前を行進する。君たちはその後ろさ。そして、さらにその後ろをまた兵で挟む手はずになっている」

「僕らは真ん中か」

「そう。君とレアモンスターがいるわけだから警護も何もないけど、一応兵で挟ませてもらうよ。正直、これは警護というより、我が軍のデモンストレーションの意味合いが強い」

「ああ、つまりは軍事パレードってこと？」

「そう。アルデバラン王国軍ここにあり、と宣言するためのものさ」

「各国の大使たちもそのパレードを観るの？」

「公園内に特設スタンドを設けた。そこから各国大使たちが観覧される。ちなみに、オルダナの国王ご夫妻もね」

僕は素直に驚いた。

「えっ！　国王ご夫妻も来られるの？」

「ああ、来られる」

「凄《すご》いね！　よく呼べたね？　一週間しかなかったのに」

レノアは肩をすくめた。

「ああ、これは本当に調整が大変だったよ。でもなんとか出席してもらえることになった」

「それはそうだよね。国王陛下は政務でお忙しいって聞いているし、急にスケジュールを空《あ》けられないだろうに、よく来てもらえたね」

「ああ。これぱっかりは本当に嬉しい。たぶんダメだろうと思って交渉していた」

「苦労した甲斐《かい》があったね」

「ああ。その他も準備万端だ」

「ご苦労様。僕はなんにもしていなくて申し訳ないよ」

するど、レノアが笑った。

「気にすることなんてないよ。適材適所さ。僕はこういった仕事が得意なんだ。だからやる。君には君に相応《ふさわ》しい仕事があるだろ？」

僕はうなずいた。

「わかった。僕は僕の得意な仕事をするね。誰が相手でも、どんな敵が襲ってこようと、片っ端から退けて、アリアスを護《まも》ってみせるよ」

今度はレノアがうなずいた。

「ああ、頼むよ。おそらく敵はこの機会を逃さないだろう。できれば片っ端から捕らえて、背後関係を突き止めたい。だから、大いに頼りにしているよ、カズマ」

「よし、では出発だ！」

煌《きら》びやかに彩られた騎馬に乗ったギャレットが、高らかに声を張って宣言する。

続けてアルデバラン王国軍が声を上げげる。

軍楽隊が笛《ふえ》や太鼓《たいこ》を演奏し、行進が始まった。

「いよいよ始まったね！」

僕は豪勢な馬車の上で、列の先頭を覗《のぞ》きながら言った。

「ええ！　楽しみだわ！」
傍《かたわ》らにいるアリアスは、目をキラキラとさせている。
ギャレットが馬に乗って列の先頭を行く。
その後に、赤を基調とした制服に身を包んだアルデバラン王国正規軍が徒歩で続く。
軍楽隊の奏《かな》でる勇壮な音楽が鳴り響く中、ギャレットが居館の大門から外へと出た。
その途端、沿道を埋《う》め尽くす群衆から、割れんばかりの拍手《はくしゅ》と歓声が上がる。
「凄《すご》いわ！　大歓声よ！」
アリアスが嬉しそうに言う。
「うん！　凄《すご》いね！」
僕も笑顔で答える。
徐々に列は動いていき、ついに僕らが乗る馬車が動き出す番となった。
深くフードを被った御者《ぎょしゃ》が軽く振り返り、アリアスに対してお辞儀《じぎ》をした。
アリアスが軽くうなずく。
御者《ぎょしゃ》は正面に向き直ると、手綱《たづな》を振った。
それに呼応して、馬車がギイッという音を立てて動きはじめた。
僕は振り返り、馬車の後ろに控える巨大なレアモンスターたちに手を振る。

すると、彼らもゆっくりと動き出した。
この一週間でかなり細かな動きも指示できるようになった。
今も、みんな一糸乱れぬ動きで馬車の後をついてきている。
僕らは居館の中庭を抜けて門へと向かっている。
しばらくして、沿道の観衆からの歓声が一際《ひときわ》大きくなった。
「なんだろう？」
「塀の上から、もう彼らが見えたんじゃない？」
アリアスがにこっと笑った。
確かに、一番大きい巨人系モンスターは高さ八メートルあまりある。
「そうだね。たぶん、もう見えているんだね」
大歓声が轟《とどろ》く中、ゆっくりと馬車が進む。
やがて僕らの馬車も大門の向こうの沿道から見えたのか、またも歓声が大きくなった。
僕らは誇らしげな気分で大門を潜る。
僕はアリアスに微笑《ほほえ》みかけた。
アリアスも満面の笑みでうなずく。
ああ、いい気分だ。

なにより、アリアスの機嫌がとてもいい。

オルダナに来てからだいぶ機嫌が悪かったけど、この一週間は本当に上機嫌だ。

特に今日はすこぶる機嫌がいい。

僕は、それが何より嬉しかった。

だがそのとき、アリアスがポンポンと僕の腕をはたいた。

「ねえ、あの子大丈夫？」

アリアスは後ろを見ている。

僕も振り返ると、巨人系モンスターの一体が、高さ五メートルほどの大門を潜ろうとしていた。

だがモンスターは八メートルはあり、身をかがめているのだが、だいぶ苦しそうだった。

「あ、ちょっと行ってくる」

僕は慌《あわ》てて馬車を降り、大急ぎで、大門に近づく。

そのときだった。

沿道で悲鳴が上がった。

僕が咄嗟《とっさ》に馬車を見ると、アリアスに凶刃を振りかざす暗殺者の姿があった。

「しまった‼」

僕は踵《きびす》を返した。

だが、暗殺者はアリアスを斬ろうと、大きく反った半月刀を頭上高く振りかぶっている。

「くっ!! 間に合わない!!」

現実を受け入れがたかった僕は、走りながらも、思わず目を瞑《つむ》ってしまった。

しかし、耳を塞《ふさ》ぐことはできない。

観衆から大きな悲鳴が上がる。

次の瞬間、金属同士が激しく衝突する音が鳴り響いた。

僕は瞼《まぶた》を見開いた。

その視線の先には、暗殺者の凶刃を弾き返すアッザスの姿があった。

あの御者《ぎょしゃ》は、アッザスだったようだ。

僕は安堵《あんど》するも、今なお馬車に向かって押し寄せてくる暗殺者たちを倒すべく、全力で駆けた。

そして、一番近くの暗殺者の間合いに入ると、腰に佩《は》いた剣を一息に抜き放ち、一閃する。

「食らえっ！」

敵を一刀両断に斬り捨てた。

まだ敵はいる。

僕は次々に剣を振るい、ことごとくを斬り伏せた。

周囲を見渡し、もう敵がいないことを確認するや、ようやく安堵《あんど》のため息を漏らした。

「ふう……よかった……」

僕は馬車に近づき、アリアスを見る。

彼女は、だいぶ落ち着いてきたようだ。

僕は馬車に乗った。

「大丈夫？」

アリアスは大きくうなずいた。

「ええ、ありがとう。大丈夫よ」

僕は次いで、御者席《ぎょしゃ》に戻りアリアスを心配そうに見ていたアッザスに視線を向ける。

「ありがとう、アッザス。助かったよ」

アッザスが朗《ほが》らかな笑みを浮かべ、照れ隠しなのか頭を掻《か》いた。

「いやあ、なんの！　王女殿下をお護《まも》りすることができて光栄の至り！」

アッザスはびっくりするような大声で言った。

アリアスがあまりの大声に驚いている。彼とは初対面みたいだ。

「レノアの部下のアッザスだよ。彼はいつも大きい声で話すんだ」

「そ、そう。ありがとう、アッザス」

アリアスは動揺しつつも、なんとか平静を装った。

「いやあ！　殿下に感謝されるだなんて光栄の上にも光栄の至り！　末代までの誇りであります！」

アッザスは大地を揺るがすような大声で答えた。

これまでの人生で一度も聞いたことのない大音声《だいおんじょう》に、僕は頭が少しだけくらくらしつつもなんとか耐えたところで、先頭にいたギャレットが駆けつけてきた。

「殿下！　ご無事で！」

ギャレットは馬から下り、馬車に近づいてきた。

そして、アリアスの無事を確認すると、深い安堵《あんど》のため息を吐《つ》いた。

「ようございました……」

「ごめんなさい。僕が離れた隙《すき》に襲われてしまって……」

僕は、ギャレットに頭を下げた。

「仕方がなかったのよ。それに、アッザスがわたしを護《まも》ってくれましたから大丈夫」

アリアスが僕をかばってくれた。

「ははっ!!」

やはり大音声《だいおんじょう》が響き渡った。

僕やアリアス、ギャレットまでもが耳をやられて、大きく後ろに反り返った。

だが、なんとかこの攻撃に耐えると、三人とも体勢を整え、互いに顔を見合わせて苦笑した。

「それにしても、こやつら一体何者か……」

ギャレットは地面に倒れ伏す暗殺者たちを見下ろしている。

そして、まだ息がありそうな暗殺者を見つけると、足早に近寄っていった。

見ると、うつぶせに倒れ、手には半月刀を握っている。

ギャレットはこの暗殺者のそばに膝をつくと、仰向《あおむ》けにひっくり返した。

「貴様は何者だ！　誰に頼まれて殿下を狙った！」

しかし、暗殺者は息はあるものの、その命は尽きようとしており、答えられそうもなかった。

ギャレットはこの場での尋問《じんもん》は諦《あきら》め、後のことは配下の者に委《ゆだ》ね、僕らのところに戻ってきた。

「殿下、とりあえず今日の建国祭は中止……」

「ダメよ！　これしきのことで中止にはいたしません！」

ギャレットが言い終わるのを待たずに、アリアスが鋭く言った。

「いや、しかし殿下！」

ギャレットが食い下がる。

「黙りなさい！　今日の建国祭はただのお祭りではありません。アルデバラン王国ここにありと諸外国にアピールするための場なのです。それを、たかが暗殺者が現れたくらいで中止になどするものですか！」

「たかが暗殺者と仰《おっしゃ》いますが……」

「たかが暗殺者です！　そんな者らが何十、何百と現れようが、わたしはびくともしません！　ただちに再開いたします！」

この言葉を聞いた沿道の観衆が、一斉に歓声を上げた。

さらに、歓声が歓声を呼び、瞬《またた》く間に大きくなっていく。

こうなると、ギャレットも引くしかないらしく……

「……仕方がございません。わたくしも殿下のおそばで……」

「なりません！　あなたは先導役なのです。その役目を果たしなさい。警護は主にカズマとアッザスがしてくれます」

ギャレットは口をすぼめて拗《す》ねたような顔をするも、仕方なさそうに所定の場所へ戻っていった。

僕は少しだけギャレットを気の毒に思いながら、次こそは自分がきちんとアリアスを護《まも》らねばと固く心に誓った。

そこへ、アリアスが笑顔で僕に話しかけてきた。

「ギャレットには悪いけど、わたしはまだお祭りを充分に楽しんでいないのよ。だからこんなに早くに中止するなんて選択、有り得ないわ」

どうやら対外的にとか、本当はどうでもいいらしい。

いや、多少はそういうつもりもあるだろうけど、一番ではないようだ。

まあ、気持ちはわかる。

僕はそう思いつつ、レノアの忠告を思い返していた。

敵は複数いるはずだ。まだまだ油断なんてできない。

僕は一つ大きく深呼吸し、気合を入れた。

引き続き僕らは大歓声の中、沿道をゆっくりと進み、ようやく晴れ舞台であるベラルクス大公園に到着した。

公園に入ると、真ん中を突っ切るように道が造られており、両サイドに野球場のような階段式の観覧席――つまり、スタンドが設けてあった。

僕らが姿を現すなり、そのスタンドの観衆から万雷の拍手《はくしゅ》と歓声が降り注がれた。

「凄《すご》いね。こんな大きなスタンドを一週間で作ったんだ」

感嘆した僕は傍《かたわ》らのアリアスに言った。

「ええ、一応レノアからスタンドの規模を聞いてはいたんだけど……これは結構な代物《しろもの》ね」

アリアスも僕と同じように驚いていた。

大きなスタンドが、数千人もの人たちで埋《う》め尽くされていた。

僕らはモンスターたちを従えてその間を進み、中央に造られた巨大な石造りの舞台の前で止まった。

僕はアリアスをエスコートして馬車を降りると、そっと耳打ちをした。

「頑張《がんば》って」

アリアスが無言でうなずいた。

そこからは、彼女一人で舞台に向かっていく。

無論、僕は周囲に目を光らせる。

大丈夫。ここはスタンドからかなり離れている。

アリアスが舞台に上がっても、僕が一番近い。

何があろうと、ここなら護《まも》り切れる。

そう確信しつつも、油断は禁物だ。

一瞬たりともアリアスから目を離さないでいよう。

そうこうするうちに、舞台に上がったアリアスが片側のスタンドの観衆に向かって、深々とお辞《じ》儀《ぎ》をした。

それは反対側のスタンドに対しても行われ、またも万雷の拍手《はくしゅ》が沸《わ》き起こる。

アリアスは拍手《はくしゅ》が収まるまで待った。

そして、水を打ったような静寂の時が訪れてから、ゆっくりと口を開いた。

「皆さん、よくぞお越しくださいました。本日は、我がアルデバラン王国の建国記念日です」

ここで再び拍手《はくしゅ》が起こる。

アリアスはまた鳴りやむまで、笑みを湛《たた》えて待った。

鳴りやんだ頃、話を続ける。

「皆さんご存じのように、我が国はベルガン帝国によって蹂躙《じゅうりん》され、その暗黒の日以来、国民は艱《かん》難辛苦《なんしんく》の時を過ごしています。ですが、それももう間もなく過去のものとなるでしょう。なぜならば、我らは近く王国再建の兵を挙げ、憎《にく》きベルガン帝国に正義の鉄槌《てっつい》を下《くだ》すからです！」

ここで、これまでで最大の歓声と拍手《はくしゅ》が降り注いだ。

アリアスはスタンドをまんべんなく見回し、うんうんと何度もうなずいた。

「ですが、それは我らの力だけでは不可能です。各国皆さんのお力添えが必要なのです！　どうか我らにお力をお貸しください。よろしくお願いいたします！」

アリアスは、深々と頭を下げた。

すると、スタンドの観衆が次々に立ち上がって拍手《はくしゅ》をしはじめた。

やがて総立ちとなり、惜《お》しみない拍手《はくしゅ》が送られた。

アリアスは頭を下げ、スタンドの人々を見回した。

「皆さん、ありがとうございます。本日はアルデバラン王国の建国記念日を祝うお祭りです。どうぞ楽しんでいってください。本日はお集まりいただき、ありがとうございました」

アリアスはまたも頭を深々と下げ、舞台から降りた。

割れんばかりの拍手《はくしゅ》の中、戻ってきたアリアスに僕は声をかけた。

「意外とあっさりした挨拶《あいさつ》だったね？」

「あんまり押しつけがましいのもどうかと思って。あれくらいあっさりした方がいいんじゃないかしら。今日のところは楽しんで帰ってもらうくらいでいいと思うのよ」

アリアスがいたずらっぽい笑顔を見せる。

「なるほど、そうかも」

アリアスが、今度はにやりと口角を上げた。

「次はあなたの番よ」

そうか。僕の出番か。

「うん。頑張《がんば》るよ」

僕はそう言うと、すぐそばに控えていたアッザスの顔を見た。

「じゃあ、アリアスを頼むよ」

「どうかここはお任せを！　ギャレット殿もいらっしゃいますので、英雄殿はご存分に！」

相変わらずの大音声《だいおんじょう》でアッザスが言った。

すると、言ったそばからギャレットが、煌《きら》びやかな服に身を包んだ親衛隊を引き連れてやってきた。

「殿下、お待たせいたしました。これより先はこの不肖《ふしょう》ギャレットが、殿下の警護を承《うけたまわ》ります」

「アッザス、ギャレット、ともに頼みます」

アリアスは笑みを湛《たた》えて言った。

「ははっ！」

ギャレットの声をかき消すアッザスの大音声《だいおんじょう》が響き渡った。

そこへ、レノアも現れた。

「やあ、いきなり襲われたらしいね？」

「うん……僕が離れた隙《すき》に……アッザスがいてくれなかったらどうなっていたことか」

「無事だったんだ。なら、ひとまずいいじゃないか」

先ほどの事件を思い出して落ち込む僕に、レノアが優しく声をかけてくれた。

「まあ、そうかもしれないけど……」

「反省会はあとあと。今は目の前のことに集中して」

目の前のこと……

僕がボヤッと考えていると、レノアが呆《あき》れたように言った。

「君とレアモンスターたちとのエキシビションマッチだよ。この祭りのメインイベントなんだからね」

僕はすぐに思い出した。

「ああ、もちろんそのつもりさ」

「ということは、もう準備万端？」

「うん。いつでも大丈夫さ」

レノアが大きくうなずいた。

「よし、じゃあまずは三体のレアモンスターと戦ってもらう。いいね？」

「いいけど……三体だけでいいの？」

「午前の部はそれだけでいいよ。次はお昼にまた三体と戦ってもらうし」

「え？　一回だけじゃないの？」

すると、レノアが笑い出した。

「メインイベントを一番最初に全部やるわけにはいかないさ。小出しに何度もやってもらうよ。幸いレアモンスターはたくさんいるしね」

え？　そうなの？　何度もやるの？

僕は聞いてないよ～と言いたい気持ちを押し隠し、なんとか気持ちを整えるために深呼吸をした。

「……わかった。じゃあまずここでは三体と戦えばいいんだね？」

「そう。ただし、一方的な戦いを見せられても面白くない。だから、最初はレアモンスターたちの攻撃を受けてくれ。問題ないだろう？　レアモンスターたちの攻撃に対する耐性はすでについているだろうし」

「うん。問題ない。じゃあ、攻撃を受けた後は、普通に倒していいのかな？」

レノアはうなずいた。

「ああ、あとはまかせるよ」

よ～し、それじゃあやるか。

僕は肩をぶんぶんと振り回すと、レアモンスターたちのところへと近づいていく。

「よし、サラマンダーおいで！」

僕は列の先頭にいる、全身を赤く染めたトカゲのようなモンスターに声をかけた。

サラマンダーはゆっくりとその巨体を持ち上げ、のっしのっしと歩きはじめた。

僕はサラマンダーを先導し、巨大な石造りの舞台に上げた。

割れんばかりの大歓声が、スタンドから降り注がれる。

僕は片側のスタンドに向かって大きく腰を折り、続いて反対側にも同じようにお辞儀《じぎ》をした。

そして、サラマンダーに向き直る。

「かかっておいで！」

サラマンダーは上体を反らし、天に咆哮《ほうこう》を上げた。
次いで大きく裂けた口を僕に向け、凄《すさ》まじい火炎を繰り出した。
ぶわっという音とともに地獄の業火《ごうか》が襲いくる。
僕はこの火炎を、正面から受けた。
スタンドから大勢の女性たちの悲鳴が上がる。
どうやら驚いてくれたようだ。
僕は炎に包まれながら、ほくそ笑んだ。
さて、どれくらい炎の中にいたらいいものなのだろうか。
一分くらいでいいんだろうか？　それとも三分くらい？
さすがに五分は長いよな。
なんてことをぼんやりと考えていたら、女性たちの金切り声が段々と高まっていった。
炎の中からスタンドを覗《のぞ》いてみると、女性たちがパニックになっていた。
さっさと出てきた方がよさそうだ。
僕は後ろ斜め上に向かって思いきり跳《と》び、炎から脱出する。
そして後方に着地すると、スタンドからやんやの大歓声が巻き起こった。
僕は照れくさかった。

まだエキシビションマッチの一戦目を終えるには時間が早い。

僕はサラマンダーに向かってゆっくりと歩き出した。

サラマンダーも、のっそのっそとその巨体を揺《ゆ》らし、僕に近づいてくる。

距離が三メートルばかりとなったとき、突如サラマンダーが四本の脚を振り回すように突進を仕かけてきた。

僕は斜め前に向かって跳《と》んだ。

サラマンダーの全長十メートルはある巨体を一息に飛び越えようと思ったのだ。

だが、サラマンダーの長大な尻尾《しっぽ》が凄《すさ》まじい勢いで僕に迫る。

僕は尻尾《しっぽ》が直撃する寸前に、左足で思いきり蹴り飛ばしてみた。

尻尾《しっぽ》は吹っ飛び、びったーんという音を立てて石舞台にぶつかった。

僕は無事にサラマンダーを飛び越え、舞台に着地する。

またも拍手《はくしゅ》と歓声が起こった。

僕は振り返って笑みを浮かべると、再びサラマンダーと対峙する。

もうそろそろいいかな？

僕は石舞台の下で観戦しているレノアを見た。

レノアはうなずいた。

よし、それじゃあ終わらせよう。

僕は左足に目いっぱい力を込めると、一気に放出して駆け出した。

風を切り裂くような速さでサラマンダーに迫る。

サラマンダーは巨体に似合わぬ俊敏《しゅんびん》さで、横っ飛びに逃れようとする。

でも、逃がすわけがない。

僕も着地してすぐに、素早く舞台を蹴って横っ飛びにサラマンダーを追う。

サラマンダーは逃げられないと悟ったのか、素早く反転して尻尾《しっぽ》を力強く振り回してきた。

僕はそれを先ほどの要領で蹴った。

その反動で、サラマンダーの身体が大きくよろめく。

僕は天高く跳《と》び上がり、上空から拳を振り下ろした。

肉と肉が激しくぶつかり合う音が響く。

こうして勝負はあっさりと決した。

「勝者、カズマ・ナカミチ！」

レノアが高らかに宣言する。

割れんばかりの拍手《はくしゅ》と歓声がスタンドに沸《わ》き起こり、僕のいる石舞台に降り注がれた。

「ふう……」

戦い終えた僕は大歓声の中、腕で額の汗を拭《ぬぐ》った。

そこへ、レノアが僕に近寄ってきて、耳打ちした。

「さあ、早くサラマンダーを舞台から降ろして、他のモンスターを代わりに上げて」

「えっ？　僕が降ろすの？」

「そりゃあそうさ。あの巨体を運べるのは君くらいのものだろ？」

それもそうか。

僕は仕方なく、サラマンダーの尻尾《しっぽ》を持って舞台から降ろした。


「ふう……終わった」

サラマンダーとの戦い後、さらに二戦し、僕は安堵《あんど》のため息を吐《つ》いた。

再びレノアが舞台に上がり、僕に耳打ちした。

「お疲れ様。最高の出来だったよ」

「そう？　それならいいけど」

「さあ、このあとはレセプションだ」

「レセプション？」

「ああ、もう間もなく到着されるオルダナ国王ご夫妻や、貴族たち、それに各国の大使たちとの歓談の場さ」

「え？　それ、僕も出るの？」

「もちろんだよ。君は殿下とともに主役なんだから、当然出てもらうさ」

う～ん、そうか……そういうの苦手だけど……

「やっぱり出なきゃだめ？」

「ダメ。絶対に出てもらわないと困る」

結構強めにダメ出しをされたため、僕はうなずくしかなかった。

「わかったよ。ところで、国王ご夫妻はまだいらしてなかったの？」

レノアは僕が承知したことで笑みを浮かべている。

「ああ。ご夫妻は昼食会から出席される。その後は、午後の君とモンスターたちとのエキシビションマッチを観覧される予定だよ」

「そうなんだ。貴族たちも？」

「いや、貴族たちはすでにほとんど揃っていて、戦いを見ていたよ。ただ、肝心のゴート公爵はまだ来ていないみたいだけどね」

ゴート公爵か……アリアスをよく思わない貴族たちの中で、最大の大物と目《もく》されている人物だ。

ただ、レノアはゴート公爵は質実剛健《しつじつごうけん》な性格から、暗殺などという卑怯《ひきょう》な手は使わないタイプだと言っていた。なら、あまり肝心の人物って感じじゃないけど……

「ゴート公爵が来ると何かあるの？」

僕が尋《たず》ねると、レノアはにやりと笑う。

「いや、彼自身は別にいいんだ。問題は、彼を取り巻く連中さ」

「つまり、ゼークル伯爵たちってこと？」

「まあそうだ。もっとも、ゼークル伯爵は領地に籠《こも》って出てこないらしいけどね」

「そうなの？　郊外の別荘にいるんじゃなかったの？」

レノアは肩をすくめた。

「ロッソ・スカルピオーネが潰《つぶ》れる前はね」

「あ、じゃあ、自分の身が危ないってことを悟って、領地に籠《こも》ったんだ」

「そういうこと。だから、今回はゼークル伯爵は出てこない」

「さっきの暗殺者たちは、ゼークル伯爵が雇ったのかな？」

「今調査中だ。そうかもしれないし、そうでないかもしれないな」

「他の貴族の可能性もあると？」

レノアは不敵に笑い、目をギラリと光らせた。

「ああ。だからそれを見極めるためにも、ゴート公爵の周りで蠢《うごめ》く連中を観察するいい機会なのさ」

「凄《すご》いなあ……なんて綺麗《きれい》なところなんだろう」

僕は目の前に広がる優雅な庭園を眺め、感嘆の声を上げた。

すると、隣のレノアが解説してくれた。

「この庭園は公園の一角にありつつも、他からは隔絶している。ここでは以前にも貴族たちの貸し切りパーティーが行われたことがあったんだ。実はこの庭園があるからこそ、僕はこのベラルクス大公園を使おうと思ったんだ」

「そうなんだ。確かにここなら、レセプションをするには最適だね」

「そうだろう。国王ご夫妻をお迎えするのにも問題ないと思ったんだ」

「じゃあ、レノアにとっては、国王ご夫妻をお迎えするのは重要だったんだ」

「ああ。凄《すご》くね。なにせ説得力が違う。実際、国王ご夫妻の出席が決まって以降、大使や貴族たちからの参列希望が激増したからね」

「そうなんだ。まあでも、そういうもんか」

「ああ。現金なものさ」

「僕らにとっては都合がいいわけだね」

レノアが人差し指をピンと立て、得意満面な笑みを浮かべる。

「その通り。ここからは僕の腕の見せどころさ」

「そうなんだ。でも僕はどうしたら……」

「君はいてくれるだけでいいよ。なにせ英雄だからね。みんな君に話しかけてくるだろう。その相手をしてくれれば問題ない」

「そうなの？　話をするだけ？」

「ああ、もちろん殿下のおそばで警護も頼むよ。でも、それはアッザスたちもいるからね。君は基本的には、主役の一人としてレセプションに華を添えてくれればいい」

「華……僕が……」

僕はかなり無理があるなあと思った。

だが、レノアは真剣そのものであった。

「当然だよ。何度も言うが、君は英雄なんだ。華はなにも女性だけとは限らないさ」

「そういうものなのかなあ……」

「そういうものさ。皆、君の話を聞きに来るよ。アルデバラン脱出のときの武勇伝をね」

レノアがきっぱりと言った。

「う〜ん、やっぱりなんか照れるな……」

「そのうち慣れるさ。まあ頑張《がんば》ってくれよ」

「レノアは何をするつもりなの？」

「観察さ。君と殿下を遠巻きに眺めながら、全体を俯瞰《ふかん》するつもりだよ」

そういえば、そんなことを言っていたな。

「敵の姿を探るんだよね？」

レノアは口角を上げた。

「それだけじゃないさ。誰が味方かも見逃さないつもりだよ」

「味方も？　味方なのに隠れているの？」

レノアはうなずいた。

「ああ。大っぴらに我らの味方になれない人もいるはず。そういう人を見つけるのさ」

僕は納得した。

「そうか、大物のゴート公爵に睨《にら》まれるのが嫌で、公《おおやけ》にできない人がいるんだ」

「ゴート公爵だけじゃなく、他にも快く思っていない別の大物がいるかもしれない。そして、その人物におもねって味方になれないって人もいるかもしれない」

僕はレノアが以前言った言葉を思い出した。

「そうか。敵を勝手に想像しちゃいけないんだったね。他にも敵はいるかもしれない。そしてその理由は様々かもしれないんだ」

レノアは大きくうなずいた。

「その通り。だが、どこかで見定めなきゃいけない。そしてそれが、まさにこのレセプションなのさ」

「ふ～～～～～………」

僕が貴族や大使の質問攻めに辟易《へきえき》し、レセプション会場の端に設置されたバーカウンターのさらに端っこに避難して、ため息を吐《つ》くと、背中でくすりと笑う声が聞こえた。

僕が慌《あわ》てて振り返ると、そこには艶《あで》やかなドレスに身を包み、周囲に色気を振りまくシモーヌがいた。

「あ、どうも……」

僕は、シモーヌの大きく胸元の開いたドレスに目の行き場を失い、キョロキョロと空を見上げながら、少々間抜けな挨拶《あいさつ》をした。

すると、シモーヌはまたくすくす笑い、バーテンダーに二人分のドリンクを注文したのち、僕に向き直った。

「ずいぶんとお疲れのご様子ですね？」

「……まあ、そうですね……」

僕は軽く上を見上げつつ答える。

ここでシモーヌが、肩にかけていたショールを胸の前に持っていき、谷間を覆い隠してくれた。

僕が安心して視線を下ろすと、シモーヌがくすくすと笑った。

僕は特に嫌な感じは受けなかったため、そのまま問いかけた。

「シモーヌはこんなところで何をしているの？」

シモーヌは、バーテンダーから注文したドリンクを受け取りながら口を開いた。

「いえね、わたしもレノア様同様、レセプションに来た面々を観察していたんですけど、さすがにちょっと飽《あ》きてしまって。ひとまずここに逃げてきたってわけです」

「ふう〜ん、そうなんだ」

僕もバーテンダーからドリンクを受け取り、軽く口をつけて喉《のど》を潤《うるお》わせてからシモーヌの背後を覗《のぞ》く。そこでは、二十人ほどのむくつけき男たちが、こちらを興味津々な表情で見ていた。

だが僕と視線が合うと、彼らは一斉に背を向けた。

ただ、しばらくすると彼らは再び振り返り、こちらをジーッと見つめる。

僕ははじめ、彼らはもしかしたら暗殺者集団かもと思ったものの、すぐに考えを変えた。

彼らの視線が、僕の目の前にいる美しく艶《あで》やかな女性に集中していたからだ。

「みんな、シモーヌに戻ってきてほしそうだけど？」

シモーヌは肩をすくめた。

「つまらない男ばっかり。女を口説《くど》くつもりなら、飽《あ》きさせない会話術くらい身につけておいてほしいものなんですけどねえ……」

うーん、それを言われると僕も無理だ。

女性を喜ばせるような会話術なんて身につけていない。

あ、もしかしたら、それも訓練すればたちどころにレベルアップするのかな？

そんなことを僕が考えていると、シモーヌが声をひそめて言った。

「そろそろお戻りください。どうやらゴート公爵が現れたようですわ」

僕が驚いてレセプション会場を見回すと、確かにそれらしき偉丈夫《いじょうふ》の姿があった。

僕はシモーヌにうなずいて、手に持ったドリンクを一気に飲み干すと、ターンッと軽快な音を立ててグラスをカウンターに置き、武器を使わない戦場へと舞い戻っていく。

ゴート公爵が並みいる貴族や大使たちを掻《か》き分け、レセプション会場に堂々と現れた。

二メートル近い長身の偉丈夫《いじょうふ》で、顔はかなり怖い。

そりゃあ、貴族たちも一斉に避けるよね。

僕は武者震いしながら、ゴート公爵に向かって歩いていく。

なぜならば、ゴート公爵の進む先にアリアスがいるからだ。

僕は軽やかなステップで貴族たちの間をすり抜けていく。

どうやら、なんとか間に合ったようだ。

僕はアリアスと合流すると、ゴート公爵を待ち構えた。

すると、紺色の軍服に裏地が深紅のマントを羽織《はお》ったゴート公爵が、アリアスの目の前でピタリと止まった。

そして、ひとしきりアリアスを上から下までギロリと睨《にら》みつけた後、ゆっくりと口を開いた。

「お招きにあずかり、参上した。アリアス王女殿下におかれては、ご機嫌はいかがであろうか」

「よく来てくれました、ゴート公爵。歓迎いたします」

アリアスは毅然とした態度で返答した。

う〜ん、両者の間に激しい火花がバチバチと散っているのが見える。

さて、僕も自己紹介した方がいいものか……

そんな僕の気持ちを見透《みす》かしたように、アリアスが言う。

「公爵、こちらはカズマ・ナカミチ。我が国が誇る英雄です」

ゴート公爵は僕を見下ろし、鼻を鳴らした。

「ふん、このような小童《こわっぱ》が英雄とは……アルデバランの人材不足は深刻なようですな。ですが、まあそれも仕方のないことかもしれません。なにせアルデバランは亡国の憂《う》き目にあってしまったのですからな」

ゴート公爵はそう言うと、豪快に顔を上げて笑った。

同時に、アリアスのこめかみに、ビキッと青い血管が浮き上がる。

「あら、ゴート公爵はお歳のせいかお耳が遠いようね。かのグリンワルド師団を退けた、アルデバラン敵中突破の英雄譚をお聞きになっておられないとは」

アリアスは口元に手を添え、高らかに笑う。

両者はしばしの間笑い合い、周囲を永久凍土の監獄にでも放り込んだかのように凍《こお》りつかせた。

僕はどうしたものかと迷っていた。

二人の話に割って入るべきか、それとも大人しくしているべきか。

……大人しくしていよう。

僕はこういうのは得意じゃない。

レノアも言っていた。それぞれが得意なことをやるのが一番いいと。

僕が得意なのは、武だ。

攻撃にしろ、防御にしろ、身体を張ってやることだ。

口で相手をやり込めることじゃない。

それは、アリアスやレノアたちに任せよう。

僕は自分に課せられた仕事を全うすべく、周囲に目を光らせることにした。

「ふん、まあよかろう。今日は国王陛下もお出ましになられるようだからな。これくらいにしておくとしよう」

ゴート公爵は、僕たちに一瞥《いちべつ》を食らわせて去っていった。

アリアスはしばらくの間、立ち去るゴート公爵の背中を睨《にら》みつけていたものの、ふいに僕に向き直った。

「相変わらず嫌なやつ！　しかも辛気臭《しんきくさ》い顔しているし！」

僕は思わず笑ってしまった。

「そうかも。でもレノアの言った通りだったね」

「うん？　なんのこと？」

アリアスが可愛《かわい》らしく首を傾《かし》げた。

僕は笑顔のまま、アリアスの問いに答える。

「ほら、レノアが言っていたじゃないか。ゴート公爵は質実剛健《しつじつごうけん》だって」

「言ってたわよ。でも、それが何？」

「そのままだなと思って。だって、悪役っていうのは大体、嫌味なことを言う取り巻きをたくさん従えて登場したりするものじゃないかな？　でも、ゴート公爵はたった一人で僕らの前に現れたでしょ。だから僕は、確かにゴート公爵は卑怯《ひきょう》なことはしないタイプなんだろうなって思ったんだ」

「ふん、確かに嫌味なことを言う取り巻きはいなかったけど、本人が嫌味たっぷりなことを言ったわよ。どこが質実剛健《しつじつごうけん》よ！　失礼しちゃうわ！」

アリアスが鼻息を荒くする。

僕はまたも笑ってしまった。

「でも、アリアスの返しもよかったよ。感心しちゃった」

「そんなところを感心されてもね……でもまあいいわ。せっかくのお祭りなんだから、楽しみましょう」

アリアスも最後には、笑みを浮かべていた。

なので僕も笑みを返した。

「そうだね。あっちの方にいろんな料理が置いてあるよ」

しかし、アリアスは肩をすくめて首を横に振った。

「ううん、せっかくだから屋台の料理を食べたいわ。ここに置いてある料理なんて、いつもの食事に出てくるものと大差ないもの」

まあ確かに……

でも、よく考えれば贅沢《ぜいたく》だよなあ。

僕もオルダナに着いてからというもの、アリアスと一緒に毎日豪勢な料理をいただいている。

元の世界にいた頃からは考えられないや。

……よそう。元の世界のことを考えるのは。

僕は今、こちらで凄《すご》く幸せにやれているんだから。

「ねえ、ちょっとこのレセプションを抜け出して、屋台料理を食べに行かない？」

アリアスが僕にこっそり耳打ちした。

う～ん、でもなあ……

「無理だよ。周りをちょっと見てみて。みんな僕らのことを、遠巻きだけどずっと見ているんだよ」

アリアスは僕に言われて、視線を周囲に送った。

そして、どうやら不承不承《ふしょうぶしょう》ながら納得してくれたようだ。

「……確かにそうみたいね。仕方ないわ。どうやら今はまだ無理そうね」

僕は笑顔でうなずいた。

「でも、あとでなら行けるよ。レノアがちゃんと自由時間を設けてくれているんだからね」

「そうね。じゃあ、あとの楽しみに取っておきましょう」

アリアスも笑顔で答えた。

そのとき、会場入り口の衛兵が声を張り上げた。

「ヴェスパヌス国王陛下、フラミニア王妃陛下、ご来臨！」

大きな歓声と拍手《はくしゅ》がオルダナ国王夫妻を出迎える。

二人はともに周りに集まった人々に笑顔で手を振る。

僕はアリアスとともに、足早に二人のもとへ向かった。

二人の目の前に出ると、アリアスは深々とお辞儀《じぎ》をした。

「国王陛下、王妃陛下、本日はお越しいただき、ありがとうございます」

ヴェスパヌス国王は笑顔でうなずいた。

「アリアス王女よ、息災か」

アリアスは再び深く頭を下げた。

「はい。国王陛下のおかげをもちまして、元気にしております」

「うむ。それはよかった。妃はな、今日を大層楽しみにしておったのだ」

ヴェスパヌス国王はそう言って、自らの妃を見つめた。

フラミニア妃は笑顔で見つめ返し、次いでアリアスに向き直った。

「楽しみにしていたのはわたくしだけではありませんわ。あなただって楽しみにされていたくせに」

フラミニア妃は軽く国王の腕を小突いた。

「いやいや、実はそうなのだ。英雄の戦いぶりを目の当《ま》たりにできると聞いてな。わたし自身、本当のところ楽しみにしてきたのだ」

え、それって、僕のこと……

僕は少しどぎまぎし、言葉に窮《きゅう》した。

すると、アリアスが横から助け舟を出してくれる。

「カズマの戦いぶりはそれは凄《すご》いものです。ぜひとも楽しみになさってください」

「ほう、だいぶハードルを上げてきたな？　大丈夫であろうな」

国王がにやりと口角を上げげた。

いや、本当に……そんなに凄《すご》いことはできないんだけど……

だが、アリアスはさらにハードルを上げるようなことを言う。

「この世のものとは思えぬ鬼神のごとき戦いぶりです。どれだけ楽しみにしておられても、その期待を大いに上回ると確信しております」

いやいやいやいやいやーーー。

ハードル上げすぎだって、いくらなんでも僕はそんなんじゃないって。

ただの人間だよーーーー！

僕はそう叫《さけ》びたい気持ちを必死に押し殺し、頰《ほお》を引きつらせながらも愛想笑いを浮かべた。

フラミニア妃がそんな僕の顔を見てくすりと笑い、アリアスに視線を向けた。

「あらあら、アリアス。言いすぎじゃない？　英雄さんがお困りよ」

しかし、アリアスは満面の笑みで言った。

「いいえ、おばさま。大丈夫ですわ。カズマはそりゃあ凄《すご》いんですから！　どんなに期待したってしすぎるなんてことは、絶対にありませんわ！」

チーン。僕の心の中で、仏壇の前に置かれたりんの音が甲高《かんだか》く鳴った気がした。

目を閉じれば、ああ、風がそよいでいる。

もしかして僕、終わったかも。

僕は心地よい風に包まれながら、次の戦いをどうしたらいいものかと必死に思案した。


僕らは国王夫妻への挨拶《あいさつ》を終え、再び煌《きら》びやかな衣装を身に纏《まと》った貴族や、パリッとした上質のタキシードに身を包んだ大使たちに囲まれていた。

「聞くところによりますと、殿下はカズマ殿に武器を下賜《かし》されたようですが？」

「ええ。宮殿の宝物庫よりベルガンの将校に奪われたものを取り返してくれたのがカズマでしたから、そのまま下賜《かし》することとしました」

どこかの国の大使の質問に、アリアスが笑顔で答える。

「確か、蒼龍槍という名の槍だそうですが、どのような能力が隠されているのでしょうか？　通常アーティファクトには固有の能力が秘められていますよね？」

別の若い貴族が食いついた。

固有の能力？　そんなのあるの？　あ、もしかしてあれかな。

「ええと、風刃燕翔波《ふうじんえんしょうは》という技が使えますけど……」

「おお！　それはどのような技でしょうか？」

「ええと、槍の穂先《ほさき》から白い刃のようなものが飛び出す技です」

僕を取り囲む貴族や大使たちから歓声が上がった。

「そ、それはどれくらいの威力《いりょく》なのでしょうか？」

別の若い貴族が僕に問いかけた。

「ええと、一度に三つ出て……」

「三つですか⁉　それはどのように出るのでしょうか？」

僕の後ろにいた貴族が大声で言った。

「あのう、蒼龍槍の穂先《ほさき》って三叉《さんさ》に分かれているので、それぞれの先端から飛び出ます」

またも、僕を取り囲む貴族や大使たちの歓声が上がった。

「おお！　それは凄《すご》い！　して、一つの衝撃波でどれくらいの敵を倒せるものなのでしょうか？」

「たぶん十人くらいは……」

「なんと！　では、一振りで三つの衝撃波が出るわけですから、一度に三十人も倒せると!?」

「ま、まあ、そうですね……」

僕は彼らに気圧《けお》されつつうなずいた。

ここでまた歓声が……

困った僕は、周囲を見回した。

まずい、いつの間にかアリアスと離れてしまっている。

だが、貴族たちの隙間《すきま》から探したところ、アリアスは美しいドレスを着た若い女性貴族たちに囲まれて、楽しそうに歓談していた。

しかも、周りをしっかりとアッザスたちが取り囲んでいる。

よかった。これなら安心だ。

でもそうなると、貴族たちを押しのけてアリアスのところに行く口実がない。

う〜ん、どうしよう。

僕が内心で悩んでいると、一人の大使が声をかけた。

「しかしそれは、果たして蒼龍槍の能力なのでしょうか？」

え？　違うの？

「どうしてそう思われたのですか？」

「ええ、実はその技の名前を聞いたことがあるものですから」

大使の返答は、僕を先ほどとは別の理由で悩ませる。

「蒼龍槍の固有の技なんじゃないんですか？」

その貴族は首を横に振った。

「違うと思います。それはあなたの武技であって、蒼龍槍とは関係ないと思います」

「なぜ蒼龍槍と関係ないと思うのですか？」

僕は驚き、反射的に問いかけていた。

「ある本に風刃燕翔波《ふうじんえんしょうは》という技が出てくるのです。その本は伝説の剣士の伝記でして、その剣士が凄《すさ》まじい修行の果てに会得する技の名として記載されているんです」

「修行の果てに会得した技……」

僕は首を傾《かし》げた。修行なんてしたことないけど……もしかして、ベルガン帝国との戦いが修行に相当したのかな？　ということは……

「つまり、蒼龍槍特有の能力は別にあるってことですか？」

「さあ、それはわかりませんが、風刃燕翔波《ふうじんえんしょうは》は違うと思いますよ」

大使は困った顔で肩をすくめた。

そうなのか……う～ん、調べたい。でも今、手元には蒼龍槍はない。居館に置いてきてしまった。

アリアスに聞けばわかるかな？

僕は貴族たちを掻《か》き分け、アリアスを取り巻く女性貴族たちに声をかけて道を開けてもらい、アリアスのそばに行くなり問いかけた。

「ねえ、アリアス。蒼龍槍の固有能力って知ってる？」

アリアスはきょとんとした。

「え？　蒼龍槍の固有能力？　それはあなたが一番よくわかっているのじゃなくて？」

「いや、それが……どうも、僕はよくわかっていなくて……」

アリアスは怪訝《けげん》な表情で首を傾《かし》げた。

「そう言われても、わたしにもわからないわ。レノアに聞いてみたらわかるかも」

確かに。

「うん、わかった。ありがとう！」

僕はアリアスにお礼を言うと、早速レノアを探すことにした。

だがその前に――

「アッザス、引き続きアリアスの警護を頼めるかな？」

「無論！　おまかせあれ！」

アッザスは満面の笑みを浮かべ、相変わらずの大音声《だいおんじょう》で答えた。

この大声に周囲の人たちは驚いていた。

みんな飲み物を持っていなくてよかった。もし持っていたら、そこかしこで飲み物がこぼれてドレスを汚すなど、大騒ぎになっていたことだろう。

僕は胸を撫《な》でおろすと、レノアを探すためにその場を離れた。

そして、足早に貴族たちの間をすり抜けつつ、レノアの姿を探す。

だが、レセプション会場のどこにもレノアの姿はなかった。

まいったな。どこにいるんだろう？

僕は再度レセプション会場を駆け巡るも、レノアを見つけられなかった。

それでも諦《あきら》めきれずに周囲をキョロキョロと見回していると、シモーヌが後ろから苦笑交じりに声をかけてきた。

「どうされました？」

僕は少し驚いたものの、すぐに気を取り直した。

「レノアを探しているんだけど」

シモーヌが肩をすくめた。

「ここにはいませんよ」

「え？　そうなの？」

シモーヌはにこりと微笑《ほほえ》んだ。

「ええ。別の場所から、ある能力を使ってこの会場を見張っていますので」

「ある能力？」

シモーヌは微笑《ほほえ》んでいるだけで、何も言ってくれない。

僕は再度問いかけた。

「それはどんな能力なの？」

シモーヌは右手の人差し指を自分の唇《くちびる》につけ、色気たっぷりにウインクした。

「内緒《ないしょ》です。知りたければ、レノア様に直接お尋《たず》ねください」

さすがに、主人の能力を自分から言うわけにはいかないか。

う～ん、なら仕方がない。

「じゃあ、とにかくこの会場にはレノアはいないんだね？」

シモーヌはうなずいた。

「そうか……なら、シモーヌは知っているかな？」

僕がそう切り出すと、シモーヌが小首を傾《かし》げた。

「何をでしょう？」

「僕の蒼龍槍の固有能力が何か、知っていたら教えてほしいんだけど」

　すると、シモーヌは苦笑した。

「今まで知らずに扱っていたんですか？」

　僕は肩をすくめた。

「うん。実はそうなんだ。というか、そもそもアーティファクトに固有能力があるなんてことも、さっき初めて知ったんだ」

「それで、蒼龍槍の固有能力を知りたかったんですね？」

「うん、そうなんだ。シモーヌは知っている？」

　シモーヌは首を横に振った。

「いいえ、残念ながら。ですけど、もしかしてベルトールなら知っているかも……」

「本当に!?　ベルトールならわかるの？」

　僕は自分でも笑顔になったのがわかった。

　しかし、シモーヌは困った顔をする。

「いえ、わかるかもと言っただけですよ。ベルトールはアーティファクトに詳しかったから、そう言っただけで……」

「わかった。知らないかもしれないけど、でも知っているかもしれないいんだね？」

「ええ、まあ、そうですね……」

僕は大きくうなずいた。

「ねえ、ベルトールは今どこにいるかわかる？」

「ほら、あそこにいますよ」

シモーヌが指さした先には、バーカウンターに寄りかかってウイスキーグラスを傾《かたむ》けるベルトールがいた。

「ありがとう！」

僕はシモーヌにお礼を言い、ベルトールのところへ駆け出した。

そして、あっという間にたどり着くと、驚くベルトールに向かって問いかける。

「ねえ！　ベルトール、僕の蒼龍槍の固有能力って知ってる？」

ベルトールは最初少し戸惑《とまど》ったものの、ウイスキーグラスをカウンターに置いた。

「そうですねえ……確か……」

ベルトールは眉間《みけん》にしわを寄せ、厳しい目つきであらぬ方向を睨《にら》みつけながら、頭の中の知識のページをめくって、蒼龍槍に関する項目を探し出そうとしているようであった。

なので、僕はじっと黙って待つことにする。

やがてベルトールが検索を終えたのか、僕と視線を合わせて口を開いた。

「確か蒼龍槍は、使用者の望む形に姿を変えられるはずです」

「そうなの!?」

僕は驚きのあまり思わず大声を出した。

ベルトールは苦笑した。

「ご存じなかったんですか？」

僕はうなずいた。

「全然。まったく知らなかったよ」

「そうでしたか。では、蒼龍槍を変形させたことはないのですね？」

「うん。ない。どうやったら変えられるんだろう」

僕の問いに、ベルトールが再び考え込んだ。

「わたしが知っている限りでは、蒼龍槍は持ち主と認めた相手の意志に従って形を変えると聞いています」

「持ち主の意志……ということは、僕を持ち主だと認めてないってことか……」

僕は落ち込んでしまった。

蒼龍槍とは、あの過酷なアルデバラン脱出行をともに戦い抜いた戦友みたいなものだ。

にもかかわらず、いまだ変形していないということは、僕は持ち主として相応《ふさわ》しくないと考えているのだろうか？

ベルトールが僕の様子を見て心配そうに顔を覗《のぞ》き込んだ。

「どうされましたか？」

僕は正直に言った。

「ちょっと落ち込んでる。蒼龍槍はまだ僕のことを認めてくれてないってことだと思うから……」

すると、ベルトールが少しの間だけ考え込んでから言った。

「それはどうでしょうか。あなたは蒼龍槍が持ち主の意志に従って変形することを知らなかったんですよね？」

「うん。知らなかった」

「でしたら、あなたは戦闘中に変形しろなどとは思わなかったでしょう。そうであるなら、蒼龍槍は当然、変形しないのではないでしょうか」

そうか……確かにそうかも。

「蒼龍槍を握ってみればわかるよね？」

「ええ。蒼龍槍は今どこに？」

「ええと、居館に置いてきたんだ。アリアスの横で槍を持ってうろつくわけにはいかないと思って」

ベルトールがにこりと微笑《ほほえ》んだ。

「わかりました。ではわたくしが取りに戻りましょう」

「本当に⁉　いいの⁉」

「ええ。でないと、あなたは落ち着かないでしょう？」

僕は苦笑いをしつつ、うなずいた。

ベルトールはそれを見て笑った。

「そうでしょうとも。ですがそれだと困ります。あなたにはここでやるべきことが二つありますからね」

「アリアスの警護と、エキシビションマッチだね」

「その通りです。どちらも気合を入れてやっていただかなければ困りますのでね。お任せください。早速部下とともに取りに参ります」

「ありがとう！」

「ではお戻りください。殿下がお待ちのようです」

ベルトールはそう言うと、会場のほぼ中央を指さした。

そこではアリアスが、大勢の女性貴族たちに囲まれて会話を楽しみながらも、ちらちらとこちらに心配そうな視線を送っていた。

「じゃあお願い！　楽しみに待ってる！」

僕は駆け出しながら、ベルトールに言った。

「ねえ、大丈夫なの？　さっきからずっと会場を走り回っているみたいだけど……」

アリアスが心配そうに、戻ってきた僕に問いかけた。

僕は笑顔でそれを打ち消そうとする。

「大丈夫だよ。もうだいぶ解決したから」

「解決？　ならいいけど、レノアを探してたんじゃないの？　彼は一体どこにいるのかしら？　わたしもさっきから一度も見ていないわ」

「レノアはここにはいないみたい。でも大丈夫だよ。問題はなくなった……というか、あとで解決するから」

僕は努めて快活に言った。だが言い方が悪いせいか、アリアスには上手く伝わらなかったようだ。

「あとで解決するって何が？　あなたたち、裏で何かやっているの？」

僕は慌《あわ》てて手を振る。

「そんなことはないよ。さっきの話だよ」

「さっきの話って……蒼龍槍の固有能力がどうとか言っていたこと？」

「そう。それがわかったんだ。で、それが間違いないか確認するために、今ベルトールが蒼龍槍を取りに戻ってくれているんだ」

「そうなんだ……それで、蒼龍槍の固有の能力ってなんだったの？」

答えようとしたとき、ある考えが頭をよぎった。

僕はにやりと笑うと、アリアスに対していたずらっぽく言った。

「そうだなあ、こういうのはどうだろう。昼のエキシビションマッチでそれを見せるっていうのは？」

すると、アリアスの顔が明るくなった。

「いいわね！　じゃあ、そのときまではわたしにも内緒《ないしょ》ってことね？」

「うん！　その方が楽しめるんじゃないかな？」

「わかったわ。楽しみにしているわね」

「うん！」

僕はうなずくと、アリアスと視線を合わせて笑い合った。


「ではカズマよ、楽しませてもらうぞ」

スタンドにいるヴェスパヌス国王は笑みを湛《たた》えている。

僕は笑みを返しつつ、深々と首《こうべ》を垂れた。

「わたくしも楽しみにしていますよ。でもあまり無理はしないでね」

国王の隣に座するフラミニア妃もまた、笑顔で言った。

僕は笑顔のまま、またお辞儀《じぎ》をした。

フラミニア妃の横で、アリアスも微笑《ほほえ》む。

僕はアリアスに対してうなずくと素早く踵《きびす》を返し、スタンドから離れた。

そのとき、両スタンドから数千人の大歓声が沸《わ》き起こった。

さあ、昼のエキシビションマッチだ。

僕がレアモンスターたちのところに戻ると、ベルトールが待ち受けていた。

「どうぞ、これを」

ベルトールは、青く輝く、先端が三叉《さんさ》に分かれた槍を僕に差し出した。

僕はそれを両手で受け取った。

「ありがとう！　頑張《がんば》ってみるよ！」

「はい。わたくしも楽しみにしていますよ」

僕はベルトールの言葉に笑顔でうなずいた。

この槍を握るのは久しぶりだ。

このところずっと、狭い建物の中での戦いばかりだったため、柄《え》が長い槍は使いづらいと思い、ほとんど握っていなかった。

「さあ、どうなるものか。とりあえずやってみよう」

僕はぎゅっと蒼龍槍を強く握りしめると、目の前のレアモンスターに向かって舞台上までついてくるよう合図を送った。

石舞台の上に立った僕の目の前には、不気味なレアモンスターが立っている。

体高八メートルあまりの、一つ目のノワールサイクロプスである。

巨人族と呼ばれる種族の一種だが、その体高は巨人族の中ではそこまで大きい方ではないらしい。

実際、僕はアルデバラン脱出行の際、鬱蒼《うっそう》とした森の中で十メートル級の巨人族と戦ったことがある。

ではなぜ、この目の前の巨人族がレアなのかといえば、その身体が黒一色に染められているからだ。

しかも、黒色の身体にはあらゆる魔法が効かないらしい。

もっとも、僕自身は魔法をまったく使えないため、それを確かめることができない。

さらに物理攻撃に関しても、身体を硬質化させることで圧倒的な防御力を誇っている。

つまり、あらゆる攻撃という攻撃が効かない厄介《やっかい》な存在なのだ。

もちろん、攻撃力に関しては言うまでもなく、その巨体から繰り出すとてつもない膂力《りょりょく》は他《た》の追《つい》随《ずい》を許さない。

そういうわけで、このノワールサイクロプスはとんでもない怪物なのだ。

唯一の弱点として囁《ささや》かれているのは、繁殖能力の弱さであるらしい。

ノワールサイクロプスのメスは生涯で一度しか出産しないという。

たまに二度出産する個体もいるみたいだが、それはかなり稀《まれ》らしい。

そうなると当然、数は増えない。

ゆえに、そういった意味においても、レアなモンスターであった。

突然、ノワールサイクロプスが天に向かって雄叫《おたけ》びを上げた。

それに大観衆が呼応し、大いに沸《わ》いている。

スタンドの最前列を見ると、オルダナ国王夫妻も楽しんでいるようだ。

「さて、やってみるか」

僕はノワールサイクロプスに向き直ると、右手に持った蒼龍槍を両手で持ち直し、前に突き出した。そして念じてみる。

伸びろ！

僕は蒼龍槍を見つめながら何度も念じた。

だが槍は一向に形を変えなかった。

だめか……いや、まだ時間はある。もっと強く念じるんだ。

伸びろ！　伸びろ！　伸びろ！　伸びろ！

強く強く、僕は念じ続けた。

すると、ついに僕の思いが通じたのか、蒼龍槍が蒼く輝き出した。

その蒼き光が僕の顔を照らす。

突然槍が輝き出したことで、観衆も大歓声を上げている。

そして、蒼龍槍が僕の願いに応《こた》えてくれた。

蒼龍槍の両端が徐々に伸びていったのだ。

僕が驚きつつもさらに念じると、槍はまだまだ伸びていく。

スタンドの観衆もそのことに気づいたらしく、みんな立ち上がってさらなる歓声を上げた。

それから、普段は二メートルほどの長さであるはずの蒼龍槍が五メートルあまりにまで伸びたところで、僕はようやく念じるのをやめた。

「凄《すご》い……本当に僕の願った通りに伸びた……」

僕は長くなった蒼龍槍を見つめる。

だが、このままだとエキシビションマッチをするには使いづらい。

「とりあえず、三叉《さんさ》の先端は危ないよな……」

僕は再び蒼龍槍に願いを込めた。

今度は先ほどとは異なり、すぐに変化が始まった。

蒼龍槍の先端の三叉《さんさ》の穂先《ほさき》が、徐々に一本に統合されていく。

変化はそれだけでは終わらなかった。

銀色に輝く鋭い先端が丸みを帯びていき、さらに柄《え》の部分と同じ蒼色へと変わっていく。

その変化に観衆も固唾《かたず》を呑《の》んで見守っている。

やがて一本の蒼く長い棒となったとき、またも大歓声が沸《わ》き起こった。

「よし！　いい感じ」

僕は満足してうなずいた。

スタンドの最前列を見ると、国王夫妻はもちろん、その隣に座るアリアスも目を見開いていた。

僕はまたうなずくと、改めて蒼龍槍を持ち直し、天に向かって掲《かか》げてみた。

う〜ん、凄《すご》い。本当に意のままに形を変えたぞ。

でも、調子に乗って長くしすぎたかな？

とりあえず振ってみよう。

槍の下の部分を力強く握りしめ、水平になるよう振ってみる。

五メートルの蒼龍槍が空気を切り裂き、ぶおんという音を立てる。

両腕の力で水平を保つ。

……うん。耐えられた。

蒼龍槍は、石舞台と平行になっている。

よし、じゃあ次は……
僕は、蒼龍槍を思いきり振り回してみた。
物凄《ものすご》い音を立てて蒼龍槍が空《くう》を切る。
ぶおんぶおんぶおんと、何度も僕の頭上で振り回した。
すると、観衆が沸《わ》きに沸《わ》いた。
よ～し、こうなったら……
僕は両腕で振り回すところを片手にしてみる。
左手を放し、右手一本で振り回した。
いけた！
五メートルの蒼龍槍でも全然問題ない。
スタンドが興奮のるつぼと化している。
僕は満足げに微笑《ほほえ》むと、蒼龍槍を振り回すのをやめた。
そしていよいよ本番とばかりに、蒼龍槍を目の前のノワールサイクロプスに向けた。
やはり観衆が大いに沸《わ》く。
さあ、ここからがメインイベントだ。
僕はノワールサイクロプスとの距離を詰めはじめる。

ノワールサイクロプスが左に動いた。

僕はノワールサイクロプスに合わせて詰める角度を変え、さらに近づく。

またもノワールサイクロプスは左へ左へと動いていく。

もしかしたら、僕が右手で蒼龍槍を振り回したことで、右利きだと判断したのかな？

それで躱《かわ》しやすい方向へと逃げているってことか？

だとしたら、なかなかいい考えだ。でも……

僕は一気に駆けて、ノワールサイクロプスとの距離を詰めた。

ノワールサイクロプスは慌《あわ》てて横っ飛びして離れようとする。

僕はそれに構わず、右足に力を込めて天高く跳《と》び上がった。

さらに、右手に持った蒼龍槍を力一杯に振るう。

だが、ノワールサイクロプスは思ったより素速く、蒼龍槍の今の長さでは届かない。

だからその瞬間、僕は願った。

伸びろ！

蒼龍槍は瞬時にその長さを変え、ノワールサイクロプス目がけてどこまでも長く伸びていった。

蒼龍槍が、逃げるノワールサイクロプスを追って伸びていく。

すぐに蒼龍槍はノワールサイクロプスの胸部を捉えた。

八メートルの巨体が胸部を突かれたことで、勢いよく後ろに倒れ込んだ。

ドズンという地響きが轟《とどろ》き、石舞台の上に積み重なっていた塵《ちり》が激しく舞う。

僕が舞台の上に着地すると、割れんばかりの拍手《はくしゅ》と歓声が沸《わ》き起こった。

国王夫妻もアリアスも、そして、その他の貴族たちも拍手喝采《はくしゅかっさい》していた。

よかった～、みんな喜んでいるみたいだ。

僕はとりあえず、ほっとした。

そのとき、ノワールサイクロプスが起き上がろうとしていた。

僕はじっと待った。

ノワールサイクロプスが完全に起き上がると、やんやの大歓声が上がった。

う～ん、一挙一動にずいぶんと沸《わ》くなあ。

たぶん、みんな娯楽に飢《う》えているんだな。

庶民だけでなく、貴族たちも大騒ぎだし。ていうか、国王夫妻もさすがに大騒ぎとはいかないまでも、かなり楽しんでいるご様子だ。

やってよかったな。みんなが楽しんでくれてよかった。

僕がそんなことを思っていると、ノワールサイクロプスが動き出した。

徐々に僕との距離を詰めてくる。

お、攻撃に転じるつもりかな?
僕は一応警戒し、蒼龍槍を構えた。
途端、ノワールサイクロプスの動きが止まった。
蒼龍槍の先端を凝視《ぎょうし》している。
僕はなんだろうと思い、とりあえず蒼龍槍を動かしてみた。
右へ、左へと振ってみる。
ノワールサイクロプスの目がその先端を追いかける。
さらに大きく右へ左へ振ってみると、今度は首を動かして、その一つ目で追った。
これはもしかして……
僕は蒼龍槍をピタリと止めてみた。
ノワールサイクロプスの一つ目の動きも止まる。
そして、ゆっくりと巨体を動かし、僕に近づいてくる。
僕はそこで素早く蒼龍槍を動かしてみた。
すると、ノワールサイクロプスの一つ目も素早く動いた。
う~ん、これはあれだね。猫がねこじゃらしを追いかけるやつだ。
可愛《かわい》いといえば可愛《かわい》いけど、なにせこの黒ずくめの巨体だからなあ。

そこへ突然、ノワールサイクロプスが右腕を振り下ろし、蒼龍槍を捉えた。
凄《すさ》まじい膂力《りょりょく》のせいか、僕が持ったままの蒼龍槍が石舞台を割ってめり込む。
やっぱり、猫とは全然違うな……
僕がそう思った次の瞬間、ノワールサイクロプスの左腕が僕に襲いかかってきた。
やばい！
僕は咄嗟《とっさ》に蒼龍槍を手放し、両腕を顔の前でクロスさせた。
ノワールサイクロプスの凄《すさ》まじい左ストレートが僕に容赦《ようしゃ》なく炸裂《さくれつ》する。
小さな僕の身体は吹き飛び、石舞台の上を何度も跳《は》ねたあと、なんとか止まった。
大観衆が息を呑《の》む。
次いで女性たちの悲鳴が上がった。
観衆は大騒ぎとなったようだ。
頃合いかな？
僕が上半身を起こすと、またも女性たちの悲鳴が上がる。
僕は気にせず今度は足を上げ、反動をつけて一気に立ち上がった。
すると、今度は大歓声が沸《わ》き起こった。
僕はノワールサイクロプスに向かって歩き出す。途中肩をぶんぶんと振り回した。

やったな。蒼龍槍にじゃれていると見せかけて、槍を石舞台にめり込ませて使えなくし、そこから攻撃を仕かけてくるなんて、なかなか策士じゃないか。

なら、もう小細工はなしだ。真っ向からの力勝負と行こうじゃないか。

僕は心の中でゴーッと炎が燃え盛る音を聞きつつ、さらに間合いを詰めていった。

ノワールサイクロプスも、ズシンズシンと地響きを立てながら前に出てきた。

うん、さっきと違って、お前も真っ向勝負するつもりか？

でも、先ほどのことがある。

ここは慎重に行こう。

というか、ノワールサイクロプスはこれまで何度も訓練で戦ってきたけど、あんなからめ手を使ったことはなかったのに……

もしかして、あれは別にからめ手ではなかったのか？

単に蒼龍槍が気になって掴まえたら、僕が武器を失ったことに気づいて攻撃を仕かけてきたとか？

う～ん、そうかも。

見た感じ、今もまっすぐ僕に向かってきているのは、蒼龍槍を持っていないからに思える。

ということは、蒼龍槍を恐れた？

もしかしたら、そうかも。

突然伸びたり、先端が変化したりしたし。

うん。たぶんこれだな。

だから、蒼龍槍を持っていない今は、いつも通り真正面から来ているんだ。

なあんだ、そうか。

わかってしまうとつまらないな。でもまあそんなもんか。

僕がそんなことを考えていると、いよいよノワールサイクロプスの間合いに入った。

僕が来る！　と思った瞬間、予想通りノワールサイクロプスの右拳がぶおっという空気を圧する音を立てて迫ってきた。

僕はそれを高く跳《と》び上がって躱《かわ》す。

そして、石舞台を激しく叩《たた》き割ったノワールサイクロプスの右拳の上に降り立つと、前傾姿勢でその右腕を駆け上がっていった。

ノワールサイクロプスが驚き、慌《あわ》てて上体を起こそうとする。

だが僕の方が速い。

僕は肩に到達するや、右腕を大きく後ろへ振りかぶり――

「いっけーーーーー！」

ノワールサイクロプスの鼻を目がけて、右拳を勢いよく放った。

肉と肉とが激しくぶつかり合う音が響く。

大観衆が息を呑《の》む。

次の瞬間、ノワールサイクロプスの巨体がゆっくりと傾きはじめた。

ノワールサイクロプスはそのまま放物線を描くように、再び石舞台の上に背中から倒れていった。

「……もう無理かな？」

僕は耳を劈《つんざ》く大歓声の中、仰向《あおむ》けに倒れているノワールサイクロプスの耳元に近づき、そっと声をかけた。

ノワールサイクロプスはわずかにうなずいた。

「立てる？」

ノワールサイクロプスはもう一度うなずくと、ゆっくりと身体を起こした。

僕は大丈夫そうだと安心し、ノワールサイクロプスから少し離れると、スタンドの観衆に向かってお辞儀《じぎ》した。

ノワールサイクロプスがゆっくり退場する中、僕は何度もスタンドに向かって首《こうべ》を垂れたり、手を振ったりした。

だが観衆の興奮は収まらず、僕はいつまでも手を振る羽目《はめ》となった。

そんな熱狂の中、僕はさらに二戦し、昼のエキシビションマッチを終えた。

「凄《すご》かったわ。本当に見事ね」

戦い終えた僕を、フラミニア妃が興奮気味に称えてくれる。

「実に素晴らしかったぞ。このようなエキシビションマッチをわたしは初めて見た。今日ここへ来て、本当によかったと思う」

横のヴェスパヌス国王も、同じように上気した顔で僕を褒《ほ》めてくれた。

「いえ、楽しんでいただけたようで僕も嬉しいです」

僕は照れくさくて頭を掻《か》いた。

「いや、実に見事な戦いぶりであった。特にその槍」

ヴェスパヌス国王は、僕が持つ蒼龍槍を指さした。

「どのような原理であのように形を変えるのだ？」

え～と～困ったな。

すると、今まで大人しく控えていたアリアスが助け舟を出してくれた。

「陛下、これは蒼龍槍といって、所有者の意志によって姿かたちを変えられるというアーティファクトなんです」

ヴェスパヌス国王は驚いた表情を見せた。

「おお！　その名は聞いたことがある。確か、アルデバラン王国の秘宝ではなかったか？」

アリアスはうなずいた。

「はい。先の戦《いくさ》において帝国の者に一度は奪われましたが、カズマが奪い返してくれたのです。それで、わたくしが王女の権限において下賜《かし》いたしました」

「そうであったか。しかし、なぜあのように形を変えられるのかはわかっているのか？」

これには、アリアスも首を横に振るしかない。

「いいえ、その原理は、おそらく誰にもわからないのではないでしょうか」

ヴェスパヌス国王は問いかけたにもかかわらず、あっさりと納得している。

「やはりそうか。アーティファクトというものは、我らの人智を軽く超《こ》える代物《しろもの》だからな」

人智を軽く超《こ》える代物《しろもの》……そうなのか。

アーティファクトって、そもそもなんなんだろう。

確か以前、神々が造ったものだと聞いたけど。

本当にそうなんだろうか。

僕は右手に握った蒼龍槍を見つめた。

「……どうしたの、カズマ？」

アリアスが心配して声をかけてきた。

「あ、ごめん。なんでもないよ」

僕は努めて明るく答えるも、アリアスは眉根《まゆね》を寄せて顔を覗《のぞ》き込んできた。

「本当に？　何か悩みでもあるんじゃないの？」

「ほう、悩み事があるのか？　もしもわたしに役に立てることがあるなら申してみよ」

傍《かたわ》らのヴェスパヌス国王も心配そうに問いかけてきた。

「そうよ。悩み事は抱えるものではなくてよ。そういったものは吐《は》き出してしまうのが一番なのよ」

フラミニア妃も心配そうにしている。

いや、参った。僕は別に悩み事なんて何もないんだけどな……

「ただ単に、アーティファクトのことを考えていただけだよ。前にアーティファクトは神々が造ったものだって聞いたものだから」

「ええ、そうよ。神々が地上に残した聖遺物。それがアーティファクトだもの」

アリアスは当然だと言わんばかりの顔をしている。

「本当にそうなの？　ていうか、神々って本当に実在するの？」

アリアスが目を見開き、口を手で覆った。

それは国王夫妻も同様で、ともに信じられないという表情だった。

愕然《がくぜん》としすぎているのか、声も出せないアリアスより先に、ヴェスパヌス国王が眉間《みけん》にしわを寄せつつ口を開いた。

「……君は……神の実在を信じないのかね？」

もしかして僕、まずいことを言ったかな？

うん。明らかに言ったみたいだ。

三人の顔がそれを物語っている。

どうやらこの世界では、神の実在に疑念を抱いてはいけないみたいだ。

なら、なんとかこの場を切り抜けないと……

「あ、いえ、実在を信じていないというわけではなく、本当にこの蒼龍槍を造ったのが神々なのか気になって。それに、もし本当に神々がこの蒼龍槍をお造りになられたのだとしたら、僕みたいな者がそんな偉大な聖遺物に触れてしまってもいいものかと思いまして……」

僕の返答を聞いて、ヴェスパヌス国王がほっとした表情となった。

フラミニア妃も胸に手を当てて安堵《あんど》している。

だがアリアスは……

そのとき、ヴェスパヌス国王は僕にうなずく。

「問題ない。君はアルデバラン脱出行の英雄なのだ。その聖遺物たる蒼龍槍を用いるのに役者不足ということはあるまい」

「そうよ。あなたの戦いぶりはつい先ほど見たばかり。それはそれは凄《すご》いものでしたよ。ですからあなたは何も遠慮することはないわ。今後もアリアスの騎士として、その蒼龍槍を振るって道を切り開いてあげて」

フラミニア妃も言葉を添えた。

僕は笑顔になり、うなずいてみせた。

「ありがとうございます。今後とも精進《しょうじん》します」

そうして国王夫妻との謁見《えっけん》を終えた僕は、ゆっくりとその場を離れた。

どうやら国王夫妻に対しては誤魔化《ごまか》せたみたいだ。

でも……

僕は振り返って打ち沈んだ表情のアリアスを見て、内心でため息を吐《つ》いた。

参ったな……どうやらかなり大きなへまをしたらしい。知らなかったとはいえ、かなりまずそうだ。

まさかこの世界では、神の実在を疑ってはいけないだなんて、思いもしていなかった。

「ねえ、カズマ……」

僕がレセプション会場の隅っこで落ち込んでいると、いつの間にかアリアスがそばに来ていた。

彼女は血の気が引いたように青い顔をしている。

僕は驚き、慌《あわ》てふためいてしまった。

「あ、いや、アリアス……その、さっきは、そのう……」

アリアスは真剣な表情であたりを窺《うかが》い、他に誰もいないのを確認してから口を開いた。

「いいえ、驚いてしまってごめんなさい。あなたは異世界の人だものね。わたしたちの世界の常識と違って当然だわ」

そうだった。僕は、アリアスにはこの世界の住人ではないことを伝えていた。

「あ、うん、そうなんだ。僕のいた世界では……その、神を信じる人もいれば、信じない人もいたんだ」

アリアスがごくりと唾《つば》を飲み込んだ。

よほど驚くことなんだろうなあ……神を信じない人がいるってことが。

僕は、もう少しいろいろと事前に話しておけばよかったと後悔した。

だが、アリアスは努めて明るい表情をする。

「そう……そうなんだ。神を信じない人がいるんだ。でも、信じる人もいるのよね？」

僕は大きくうなずいた。

「うん、いる。たぶんだけど、信じている人の方が多かったと思う」

アリアスが胸に手を当て息を吐《は》いた。

そして微笑《ほほえ》んだ――が、すぐに表情を引き締《し》めた。

「そう。そうだったのね……でも……あなたはそうじゃないのよね？」

僕は悩んだ。

どうすべきか。本当のことを言うか、それとも……

「……そう。僕は神の実在を信じていなかった」

僕は本心を話すことにした。

すると、アリアスはすでに覚悟を決めていたらしく、落ち着いた表情でうなずいた。

「そう。わかった。でも今、過去形で言ったわね？　それはどういう意味なの？」

僕は嘘をつかず、本心をさらけ出そうとゆっくりと声を出す。

「向こうの世界にいるときは、神がいるなんて到底思えなかった。それくらい……その、僕はひどい環境にいたんだ」

アリアスはただ黙って聞いている。だから、僕はさらに言葉を連ねた。

「僕の親は……僕に興味がなかったんだ。僕を……人としてではなく、物として扱っていたと思う。愛情なんて感じたことは一度もなかった。学校にもほとんど通わせてもらえなかったし、僕はずっと家の中に放置されていたんだ」

アリアスがさすがに顔色を変えた。

だがそれでも、彼女は口を挟もうとはしなかった。

僕は、胸のうちを吐《は》き出し続ける。

「それに僕は……いつも両親から暴力を受けていた……毎日ってわけじゃないけど、週に何度かは受けていたんだ……子供の頃は、それが当然のことだと思ってた」

ここでふとアリアスを見ると、その目にはじわりと涙が浮かんでいた。

しかし、アリアスは何も言わず、ただじっと僕を見つめているため、さらに話すことにした。

「でもそのうち、それは普通じゃないことに気がついた。少しの間だけど、学校に行けた時期があったんだ。そのときにわかった。他の子たちはそうじゃないって。みんな親から愛情をたっぷりと注がれているんだって……僕とは違うんだって。でも、それがわかったところで、僕には何もできなかった。だから、ただじっと我慢していたんだ……」

僕は大きく深く息を吐《は》いた。

きつい……話すのがとてもつらい。思い出すのも嫌なんだ。あのときのことなんて、考えるのも嫌だ。

でも、そういうわけにはいかない。話さなきゃ。

僕はもう一度深く呼吸をすると、再び話しはじめる。

「僕がただそうやってじっと我慢し続けたら、助け出そうとしてくれた人たちがいたんだ。その人たちは、役所や福祉施設の人たちだった。わかるかな？」

この世界にもたぶん役所はあると思うけど、福祉施設ってわかるのかな？

すると、ようやくアリアスが目に涙を溜《た》めながらも、答えてくれた。

「わかります。役所も福祉施設も。孤児を引き取って大人になるまで教育を与えたりするところでしょ？」

そうか。ちゃんとそういうところがあるんだ。

僕はうなずくと、またさらに話を続ける。

「そう。僕のいた世界では、孤児じゃなくても育児放棄している家庭があったら、保護してくれることがあるんだ。もっとも、親が邪魔して保護させないケースもあるらしいけど……僕の場合は幸か不幸か、親が無関心だったからね。保護してもらった後は、もめるようなことはなかったみたい……」

僕はまた大きく息を吸い……音を立てて激しく吐《は》き出した。

そうして心を整えてから口を開く。

「それ以降は保護施設で暮らすようになった。十歳の頃だ。だけど……」

ふう……もう一度、僕は深呼吸をした。

ああ、話したくない。本当に話したくない。でも、そういうわけにはいかないよな。

それに、ここまで話しちゃったら、最後まで話した方がいいよな。

「僕は施設になじめなかったんだ。友達もできず、いつも一人でうつむいていたと思う。仲良くなろうとしてくれた子はいたんだ。その子は僕に手を差し伸べてくれた。でも僕は、その子の手を取らなかった。なぜだかはよくわからない。でもたぶんそれは、僕がすべてにおいて無気力になっていたからかもしれない」

僕は、アリアスを見た。

アリアスが目に溜《た》めていた涙は、もうすでに溢《あふ》れ、頬《ほお》を濡《ぬ》らしていた。

僕はまた深い深呼吸をしてから呟《つぶや》く。

「しばらくすると、僕はいじめの対象となった。さんざんにいじめられたよ。でも……それは親から受けた暴力に比べれば可愛《かわい》いものだった。だから僕は何も言わず、何も反応せずにやりすごした。いじめは次第になくなっていったよ。たぶん飽《あ》きたんだと思う。僕が何をしても反応しないから。代わりに、僕のことを気味悪がって相手をしなくなったんだ。それからは以前の通りさ。僕はいつも隅っこでじっとうつむいて過ごした。そう、今みたいにね」

僕は今、華やかなレセプション会場の隅にたたずんでいる。

僕は何かといえば、隅が好きだ。

これは生来の環境によるものかもしれないな。

隅っこの人生。

僕の人生はそういうものだったはずだ。

「こういう華やかな場所は苦手なんだよ。どうしても、こういうところに逃げてしまうんだ」

僕は笑ってみせた。

「だから神なんていないと思ったのね？　あなたを救い出してくれないから……」

アリアスが流れ落ちる涙を拭《ぬぐ》おうともせずに言った。

「そうだね。信じられる理由がなかった。救い出してくれたのは人だった。でも、僕はせっかく救い出してもらったのに、自分から助かろうとはしなかった。努力をしなかったんだ。もしあのとき、手を差し伸べてくれた子の手を握っていれば……でも、しょうがないよね。過去は変えられないもの」

「ええ、そうね。過去は変えられない。アルデバランが滅んだ過去も変わらない。でも……でも、自分たちの力で未来を変えることはできるわ！」

アリアスは決然とした表情で激しく言った。

僕もうなずいた。

「そうだね。過去は変えられないけど、未来は違う。僕ら自身の手で！　力で！　明るい未来を築くことはできるはずさ！　そうだよね、アリアス」

「そうよ。わたしたちならできるわ。アルデバラン再興を！」

アリアスが力強く宣言する。

「もちろんだよ。僕らには助けてくれる人たちがたくさんいる。その人たちの手を取って戦おうよ。そうすれば、未来は僕たちのものになるはずさ」

アリアスもうなずくのだが、まだ何か引っかかっている様子だった。

「どうしたの？　まだ何か聞きたいことでもあるのかな？」

僕はこの際、すべてをさらけ出そうと思う。

「ええ。あなたは先ほど、神を信じなかったと過去形で言ったわ。その意味をまだ答えてくれていないから」

僕は微笑《ほほえ》んだ。

「ああ、そうだったね。今は……信じているとは言えないけど、もしかしたらいるんじゃないかと思ってるんだ」

「それはどうして？　なぜそのように思えるようになったのかしら？」

「今、こうして僕がここにいるからさ」

アリアスは意味がわからなかったのか、首を傾《かし》げた。

「わからない？　だって不思議じゃないか。僕は向こうの世界で一度死んだんだよ。なのに、こちらの世界でこうして生きている。しかも、英雄なんて途方もないものになってしまっている。こんな不思議なことが起こるのは、普通じゃ有り得ない。でも、これは実際に起きたことだ。現在進行形で続いていることだ。なら、超常的な力が働いたと考えるのは自然じゃないかな？　そして、そんな超常的な力を有する存在のことを、普通は神と呼ぶんじゃないかな？」

アリアスはうなずいた。

「確かにそうね。なら、あなたは神様のご加護を得て、この世界に来たってことね」

神様のご加護……それはさすがに、どうかな？

僕はあまりハードルが上がらないようにしようと思った。

「いや、それほどのものではないんじゃないかな？　単に神様のきまぐれとか……」

だが、アリアスはもうすでに信じ込んでしまったようだ。

「いいえ！　そんなことはないわ！　あなたは神様が遣わした救世主なのよ！　きっとそうだわ！　ええ、ええ、絶対そうよ！」

まずい……アリアスが興奮している。このままでは……英雄だけでも持てあましているのに、救世主のおまけつきとなったら大変だ。

「いや、違うよ、アリアス。救世主なんて、そんな……」

だがアリアスは止まらない。

「ええ、ええ、そうよ。そうだと思っていたのよ。あなたは神がわたしたち哀れなアルデバランの民のために遣わされた救世主なのよ！　そうに違いないわ！」

……参った。ハードルが最高に上がってしまった。

はあ……こんなことになるとは。

でもまあ、つらい過去を話せたのはよかったと思う。

話すことで胸がすくこともあるんだから。

さあ、これからは過去にとらわれずに前を向いて歩こう。

そうすればきっと、明るい未来が訪れると信じて。

＊

結局、その後は特に何も起きず、祭りは終わりの時を迎えていた。

「もうそろそろ終わりみたいだね」

寂《さび》しさを感じた僕は、屋台で買ったばかりの、果物を香ばしくローストしたデザートを嬉しそうに食べるアリアスに言った。

アリアスはデザートを口いっぱいに頬張《ほおば》りながらも、僕よりも寂《さび》しげな笑みを浮かべた。

「そうね……でも、どんなことでも始まりがあれば終わりがくるものよ。仕方ないわ」

「うん、そうだね」

そのとき、花火が轟音《ごうおん》を伴って天高く舞い上がり、夜空に咲き乱れた。

「花火よ！　素敵ね」

アリアスがあふれんばかりの笑顔で言った。

僕は周囲を警戒しながらも、アリアスと同じように空を見上げ、呟《つぶや》いた。

「本当に……綺麗《きれい》だ……」

空を埋《う》め尽くすかと思うほどの大量の花火に、僕は心を奪われた。

しばしの間、アリアスとともに頭上の華を眺める。

そこへ、僕の背中から少々遠慮がちに語りかけてくる者があった。

「お楽しみのところ、失礼いたします」

振り返ると、ベルトールだった。

アリアスはうなずいた。

「ベルトール、どうかしましたか？」

ベルトールはかしこまって平伏した。

「殿下、そろそろお開きとなります。名残惜《なごりお》しいとは存じますが、お屋敷にお戻りください」

どうだろうか？　アリアスは満足したのだろうか？

だが僕の心配は杞憂《きゆう》であった。

アリアスは満面の笑みを浮かべ、ベルトールに言った。

「わかったわ。確かに名残惜《なごりお》しいけど、それくらいがちょうどいいわよね」

そして、アリアスは僕を見た。

「さあカズマ、戻りましょう。今日は楽しかったわ！」

僕も笑顔で応じる。

「うん！　楽しかったね」

こうして楽しかった祭りは幕を閉じ、僕らは帰路についた。

第三章　エニグマ？

僕らが屋敷に戻りリビングルームでお茶していると、祭りの前半はともかく、後半はまったく姿を見せなかったレノアがひょっこりと顔を出した。

「殿下、祭りはいかがでしたか？」

「物凄《ものすご》く楽しかったわ！」

アリアスは飲んでいたティーカップをテーブルの上に戻し、笑顔で答えた。

「それはよかった！　これで安心して眠れます」

そう言って平伏するレノアに、アリアスがふいに問いを投げかけた。

「ところで、あなたは祭りの間、何をしていたの？」

「祭りを見ていました」

レノアは、アリアスと対面するソファーに座る僕の右横に腰を下ろしながら答えた。

アリアスは小首を傾《かし》げる。

「あなたの姿は見えなかったわよ？」

レノアは、微《かす》かに笑みをこぼした。

「わたしは会場の外より全体を俯瞰《ふかん》していましたので、殿下が見かけなかったのも当然です」

「俯瞰《ふかん》？」

「はい。わたしの固有能力に、鷹の目《オーヌ・デ・ファルカオ》というものがあります。それを使い、会場全体を見ていました」

レノアは、アリアスの望み通り、出会った当初よりもいくらか砕けた言葉で答えた。

「鷹の目《オーヌ・デ・ファルカオ》……聞いたことないけど、どんな能力なの？」

「高所から全体を捉えると同時に、一気に下降して任意の場所を細部までじっくりと観察できる能力です」

アリアスが大きく首を上下させた。

「ふう〜ん、それで、その能力を使って何を見たの？」

レノアが再び口角を上げた。

「すべてを」

僕は驚いた。

これはかなりの大口だ。

いくらなんでもすべてとは、ちょっと言いすぎなような……

どうやら、対面のアリアスも僕と同じように感じたらしい。

片眉《かたまゆ》をピンと跳《は》ね上げ、少しだけいじわるそうな顔をして言った。

「あら、ずいぶんと大言壮語《たいげんそうご》を吐《は》くじゃない。面白いわね。ぜひとも聞かせてもらいたいわ」

レノアが、こみ上げてくる笑いをこらえるかのように口を引き締《し》め、答える。

「わかりました。ではまず……敵の陣容がわかりました」

アリアスが驚きの声を上げた。

「えっ！　どういうこと？」

「誰が敵で、何人いるのか……それが判明しました」

「本当に？　その能力でわかったの？」

レノアはうなずく。

「はい。実は、この能力は屋内では使えないのです。屋外……それも広々としたところでないと。ですが今回、その条件にピタリと合いましたので、全容を把握《はあく》できた次第です」

アリアスもうなずいた。

「だから鷹の目《オーヌ・デ・ファルカオ》なのね。屋内では鷹《たか》は飛べないものね」

「ええ。ですが、今回は大いに雄飛しました」

「そして、すべてを見たのね？」

「ええ。余すところなく」

「それで、敵は何人なの？」

アリアスはもうレノアをからかう気は失せたらしく、真剣な表情で問いかけた。

「二十一人です」

「それは貴族の中の人数ね？」

「はい。今回、各国の大使たちも集結していましたが、その中に敵といえる者は見当たりませんでした。ですので、二十一人の敵はすべてオルダナ貴族になります」

「そう。そしてその頭目は……ゴート公爵ね？」

するとアリアスの予想に反して、レノアがゆっくりと首を横に振った。

アリアスは眉根《まゆね》を寄せた。

「違うの？」

レノアは首を縦に振った。

「わたしも見誤っていました。彼は……我らの敵ではありません」

「えっ!?　そうなの？」

アリアスがあっという驚きの表情とともに、前のめりになって問いかけた。

レノアは笑顔になった。

「彼は、我らのあからさまな敵ではございません」

「あからさまな敵ではない……それはどういう意味かしら？」

アリアスが小首を傾《かし》げて問い質《ただ》すと、レノアは軽く顎《あご》を引いた。

「彼は我らと敵対しているようでいて、その実、そうではないということです」

アリアスがさらに大きく首を傾《かし》げた。

「よくわからないわ。わかるように説明してくれるかしら？」

レノアはうなずいた。

「まず、彼は誰にも負けない愛国者であるということをご理解ください。そして、彼はオルダナ王国の行く末を思うあまり、今のところは出兵に反対しているだけに過ぎません。理由は殿下が一番よくわかっていらっしゃるかと思いますが、現状において我らが帝国に比してまだまだ非力だからです。残念ながら、我らの現兵力とオルダナの兵力を足そうとも、いまだ帝国の足元にも及びません。そのため、彼は我らの話には乗れないというだけなのです。ですが、それはつまり、状況さえ変われば彼は我らの味方に成り得るということでもあるのです。なにより、彼は現在誰とも徒党を組んではおりません」

長広舌《ちょうこうぜつ》を聞き終え、アリアスが真剣なまなざしを彼に向けた。

「徒党を組んでいないと言いましたが、本当ですか？　わたしは何度も宮廷内でゴート公爵と言い争いをしましたが、常に取り巻きがたくさんいましたよ」

アリアスは顔をしかめる。

だが、レノアは微笑を湛《たた》えた。

「いいえ、彼は徒党は組んでおりません。ただ、周りを常に囲まれているだけのことです」

アリアスが反論しようと口を開きかけるが、それを制するように、レノアが先に口を開いた。

「彼は常に孤独を貫いています。周りの者たちはただそこにいるというだけに過ぎず、取り巻きとさえ言えない者どもと言えるでしょう」

アリアスはさらに眉根《まゆね》を寄せた。

「では、あれはグループではないと？」

「はい。ゴート公爵に取り入りたい者どもが群がっているだけで、公爵自身は歯牙《しが》にもかけておりません」

「でも、ゴート公爵は周りの貴族たちと話していたわよ」

「それは、会話くらいはするでしょう。ですが、決して彼らと徒党を組んでいるわけではありません。大貴族のそばでおこぼれにあずかろうという者が群がっているに過ぎないのです」

「わかりました。あなたは鷹の目《オーヌ・デ・ファルカオ》という能力を使って、そう確信するに至ったのですね？」

「はい。間違いありません」

レノアの自信に満ちた様子に、アリアスがようやく笑みをこぼした。

「わかりました。わたしはあなたを信じます。ですが……」

アリアスは再び笑みを消した。

「いまだ戦力の劣る我らのそばに、あなたはどうやってゴート公爵を仲間に引き入れるというのですか？」

レノアが不敵な笑みを浮かべた。

「もうすでに味方になっているかもしれませんよ？」

これにはアリアスだけでなく、僕も驚いた。

「えっ!?　本当に？　なんで？」

思わず声に出してしまっていた。

すると、レノアがくすくすと笑った。

だが笑うだけで答えなかったため、僕はきちんと尋《たず》ねることにする。

「ねえ、どういうこと？　ゴート公爵がもう僕らの味方になっているかもっていうのは！」

レノアは両手を顔の前で広げて僕をなだめる仕草をしつつ、穏やかな声音《こわね》で言う。

「君が原因だよ」

え？　僕が原因？

「ねえ、どういうこと？　僕が原因って、レノアは何を言っているの？」

アリアスがアッという顔をした。

「もしかして……ティラノレギオン？」

レノアが満面の笑みでうなずいた。

「ゴート公爵はティラノレギオンとカズマのエキシビションマッチを、最後まで食い入るように見ていました」

「どういうこと？」

僕とティラノレギオンとのエキシビションマッチ？

僕はやっぱりわからない。

「ゴート公爵が現状出兵に反対なのはなぜだい？」

レノアの問いに、先ほどの会話を思い出す。

「それは……僕らの戦力にオルダナの戦力を足しても、帝国の戦力には及ばないから……」

レノアはうなずいた。

「その通り。なら、我らの戦力が上がればどうなる？」

「もしかしたら僕らの仲間になるかもって、さっきレノアは言っていたよね？」

「ああ」

ということは……

「ティラノレギオンが加われば、僕らの戦力が上がるってこと？」

レノアはにっこりと微笑《ほほえ》んだ。

「そうさ。もちろん、まだそれでも帝国を凌駕《りょうが》するには足りないよ。でも光明は見えた。僕らにも、そしてゴート公爵にもだ」

僕はようやく意味を理解した。だがまだ疑問はある。

「でも、光明が見えたってだけなんだよね？」

「そうだね。今のままではさすがに数が足りない。いくら個々のレアモンスターたちは強力でも、敵は圧倒的な数だからね。まだとてもアルデバランを取り戻すために出兵することはできない。きっとゴート公爵もそう思っているだろうね」

「じゃあ、どうするの？」

レノアは再びにやりと口角を上げる。

「決まっているさ。ティラノレギオンを今よりも精強にすればいい」

僕は眉間《みけん》にしわを寄せた。

ティラノレギオンたちに特訓でもするってことかな？

でもどうだろう。

彼らとはこれまでに幾度も特訓を重ねてきたけど、それによって彼らが強くなった感じはあまりしなかった。

だから訓練は途中から、彼らを鍛《きた》えるためというより、彼らを上手く扱うことに重きを置いてきた。

なのでこの先も、訓練をしたところで個々の能力が大きく上がるようには思えないんだけど……

僕がそう心の中で思っていると、それを読んだかのごとく、レノアが口角をさらに上げる。

「とはいっても、今のレギオンを鍛《きた》えるって話じゃないよ」

「え？　違うの？」

「うん。そうじゃなくて、数を増やすのさ」

「数を？　どうやって？　レアモンスターはその名の通り、数が少ないからレアなんじゃないの？」

「確かに、レアモンスターは君が言う通り数が少ない。でも、すべてをレアモンスターにする必要はないさ」

「どういうこと？」

「主力は今いるレアモンスターたちだとして、それだけじゃあ数が少なすぎる。だから、それ以外にも大量のモンスターを編成して、軍を大きくしようという算段さ」

なるほど……質より量ってことか。

「レノアはどれくらいの規模を考えているの？」

レノアは人差し指を一本、顔の前に立てた。

「百体？」

レノアが笑った。

「そんなに少ないわけがないだろう？　千体だよ」

「千体って……いくらなんでもそんな数、無理に決まっているよ」

僕はあまりのことに呆《あき》れた。

だが、レノアは余裕の表情であった。

「そんなことはないさ。たぶん君のテイマー能力は、異常なレベルだと思う。そもそもレアモンスターをスレイブルリングのような特殊なアイテムを使わずにテイムするなんて、前代未聞なんだ。でも、君はそれをいとも容易《たやす》くこなした。しかもその数、実に二十四体だ。それだけの数のレアモンスターを使役することができるんなら、普通のモンスターだったら千体くらいできるんじゃないかな」

「どうかな……本当にそんなことができるんだろうか……」

僕が懐疑的なのに対し、レノアはポジティブだった。

「まずはやってみることさ。できなければそれはそれで仕方ない。でも実現したら……途轍《とてつ》もなく強力な軍隊ができ上がるよ。それこそゴート公爵だけでなく、オルダナ中の貴族が国を挙げて我らの味方になってくれるんじゃないかな」

「でも、どうやったらいいんだろう？」

僕は見当がつかず首を傾《かし》げた。

レノアはおどけた表情で肩をすくめた。

「決まっているだろう？　モンスターがいるところに行ってテイムするんだよ」

「いや、それはそうだろうけど……」

「僕に考えがある。任せてくれるかい？」

僕は否応なくうなずいた。

「もちろん。僕は正直、どうしたらいいかわからないし」

「わかった。じゃあ、この件は僕に任せてもらうよ」

「うん。わかった」

僕の答えに、レノアは笑顔でうなずき返し、アリアスを向いた。

「殿下、ですので当面の敵は、やはり領地に引きこもっているゼークル伯爵になるかと思います」

「わたしを暗殺しようとロッソ・スカルピオーネに依頼した者ですね」

アリアスは重々しくうなずいた。

「はい。現在彼は領地であるクランベル州に引きこもっています」

「ロッソ・スカルピオーネが壊滅したことで警戒しているわけですね」

「おそらく。ですが、こちらとしては大変に都合がいいことがあります」

アリアスが軽く首を傾《かし》げた。

「都合がいいこと？　なんでしょうか」

レノアはにやりと笑った。

「クランベル州には広大な森があり、その多くはまだ未踏の地であるとのことです」

「なるほど……そういうことですか。つまりは一石二鳥というわけですね？」

「その通りです。殿下のご推察通り、わたしはカズマとともに一度に二つの事柄を片づけてまいるつもりです」

二人にはわかっているみたいだけど、僕にはまるでわからない。それでも話は進んでいく。

「わかりました。ですが、先日も二つの案件を立て続けに果たそうとしてできなかったでしょ。だから無理はしないで。もしも何か不測の事態が起こったら、この前のように無理をせずに引き返すように。いいですね？」

レノアは苦笑し、首《こうべ》を垂れた。

「仰《おっしゃ》る通りですね。肝に銘じます」

僕はたまらず割り込んだ。

「ねえ、二人ともなんの話をしているの？」

レノアは肩をすくめた。

「この前、ロッソ・スカルピオーネとゼークル伯爵を一度に退治しようと意気揚々と出かけたけど、君が敵のアジトでレアモンスターをテイムしちゃったから、ゼークル伯爵のところに行けずに引き返しちゃっただろ？　そのことを殿下は言っているんだよ」

僕は思い出して小刻みに何度もうなずいた。

「ああ、あのときのこと……」

そして、二人の会話の最初の方で言っていたことを思い起こした。

「それと、そのクランベル州の森がどうとかっていうのは……」

「ゼークル伯爵と君の件を一緒に片づけようってことさ。わからないかい？　つまり、ゼークル伯爵を退治した後、彼の領地にある広大な森でモンスターをテイムしまくろうってことさ」

「ああ、そういうことか……」

僕はようやくレノアの話を理解した。

しかし、まだこの世界についてよくわかっていないことがいろいろとあるため、そのことを尋《たず》ねてみた。

「あのさあ、森ってモンスターがいっぱいいるの？」

レノアが一瞬だけきょとんとした顔をした。

「ああ、そうか……君はどうやら特殊な生い立ちみたいだしね」

僕は驚き、アリアスと顔を見合わせた。

まだレノアには僕の素性を明かしていないはずだ。

だけど、今の言い方はその辺のところを察知しているように聞こえる。

アリアスが僕の気持ちを察してか、レノアに問いかけた。

「レノア、どうしてカズマの生い立ちが特殊だと思うのかしら？」

アリアスも内心驚いているはずだが、それを押し隠して平静を装っている。

すると、レノアが軽く首《こうべ》を垂れ、アリアスの質問に答えた。

「鷹の目《オーヌ・デ・ファルカオ》で見ておりましたので」

レノアの回答に、アリアスが眉《まゆ》をひそめる。

「あなたはわたしを主君として仰《あお》ぐと言ったわね？」

レノアは頭を下げたまま答える。

「はい。申しました」

「その主君の会話を、あなたは盗み聞きしたのですか？」

「申し訳ございません。鷹の目《オーヌ・デ・ファルカオ》は、範囲内のすべてを自動的に見聞きしてしまうものですから」

アリアスが僕に視線を送ってきた。

僕はうなずいた。

「だから、レノアはすべてを見たと言ったんだね？」

レノアは軽く頭を上げ、僕の方に顔を向けた。

「そう。こればかりは取捨選択できないんだ」

僕はアリアスに向き直った。

「だったら仕方がないんじゃないかな」

アリアスは僕の目を見てゆっくりうなずいた。

「わかりました。レノア、頭を上げて」

アリアスの言葉を受け、レノアが頭を上げる。

アリアスはさらに話を続ける。

「そういうことなら致し方ありません。ですが、今後は勝手にわたしの会話を盗み聞きすることは許しません。いいですね？」

レノアは再び首《こうべ》を垂れた。

「はっ！　肝に銘じます。この度も殿下には事前にお伝えしておくべきでした。心よりお詫《わ》び申し上げます」

「わかりました。謝罪を受け入れます」

アリアスが鷹揚《おうよう》にうなずいた。

「ありがとうございます」

「それで……」

アリアスは一度言葉を区切ると、改めて先ほどの話へと戻した。

「あなたは鷹の目《オーヌ・デ・ファルカオ》によって、カズマの生い立ちを知ったのね？」

レノアはうなずき、僕の方に向き直った。

「君の生い立ちを僕は図らずも聞いてしまった。だから、君にもそのことは謝罪したい。申し訳なかった」

レノアは頭を下げた。

僕は笑顔でうなずいた。

「全然いいよ。アリアスだけじゃなく、レノアにも僕は隠し事をしたくないし」

僕の言葉を聞いて、レノアも笑みを浮かべた。

「ありがとう。なら、僕もすべてを君に語ろう。僕の能力、そして今わかっていること、そのすべてをね。鷹の目《オーヌ・デ・ファルカオ》は、指定した範囲内のあらゆる情報が逐一《ちくいち》僕の脳内になだれ込んでくるんだ」

レノアはそう言うと、軽く肩をすくめた。

僕は驚き、尋《たず》ねた。

「逐一《ちくいち》って……結構大変そうだけど」

レノアは両手を広げて苦笑する。

「ああ。だからすべての情報をきちんと整理するまで、相当に時間がかかるし、なにより凄《すご》く疲れるんだ」

話を聞いているだけでも大変そうだ。

あらゆる情報が脳に一気になだれ込んできたら、僕ならパンクすること間違いなしだ。

「指定した範囲内っていうのは……どれくらいの規模なのかな？」

「最大で直径一キロ圏内だね」

「一キロ⁉　凄《すご》いね」

「いや、でも街中《まちなか》でそんなことをしようものなら大変だよ。やったことはないけど、たぶん頭が混乱して、下手をしたら再起不能になるかもしれない」

「えっ！　そんなに？」

「ああ。だから最大範囲を指定するときは、たとえば山の中とかで道に迷ったときなんかだ。範囲内にいる人を認識できるし、いても数は少ないはずだからね」

「なるほど、人があまりいそうもないところじゃないと使えないんだね？」

「そう。範囲内の人が百人くらいまでじゃないと、パニックになってしまうんだよ」

僕は合点がいった。

「なるほど。なら、あのレセプション会場は最適だったわけだ」

レノアが笑顔でうなずいた。

「そう。あの庭園はぴったりだった。言ったろう？　あの庭園があるから、会場をベラルクス大公園に決めたんだって」

「言っていたね。でも、その理由が鷹の目《オーヌ・デ・ファルカオ》に都合がいいからだなんて、まったく思わなかったよ。僕はてっきり、あの庭園があまりにも美しいからだとばかり」

「それも理由の一つさ。オルダナ国王夫妻をお迎えするに相応《ふさわ》しいところでないといけないからね」

「そっか。それにしても凄《すご》い能力だね。指定範囲内の会話をすべて聞き逃さず収集することができるなんて」

僕が感嘆して言うと、レノアはゆっくりと首を横に振った。

「そうでもないよ。情報収集は重要だけど、それ以上に大事なことがある」

「情報収集より重要なこと……なんだろう？」

レノアが温かな笑みを浮かべた。

「情報収集より重要な能力、それは……情報処理能力さ」

「情報処理能力……情報を処理する……うん？」

僕はよくわからず、限界まで首を横に倒した。

「情報は、ただ集めただけじゃ使い物にならないんだ。それを精査しないとね。つまり、集めた情報の中で、どれが重要で、どれがそうでないかを選別するんだ。そして、重要だと思う情報だけを集めて、それをまた精査する。すると、思わぬ真実が浮かび上がってきたりするんだよ」

僕はレノアの言葉をじっくりと噛《か》み締《し》めた。

やっぱりレノアは凄《すご》いやと、改めて思う。

「それで、思わぬ真実が浮かび上がってきたわけね？」

アリアスが確信めいて言った。

レノアはアリアスに向き直り、大きくうなずいた。

「はい。ゴート公爵の件はまさにそれです。彼は、カズマのエキシビションマッチを驚きをもって見守りました。そして戦いを見終えるなり、側近の者たちに、こう漏らしたのです」

レノアは一旦そこで言葉を区切ると、大きく息を吸い込んでから続けた。

「この連中が大量に前線に投下されれば、あの帝国が相手であっても、もしかするともしかするかもしれんな……と」

アリアスは鋭いまなざしとなる。

「ゴート公爵は、大量に……と言ったのですね？」

「はい。ですので、彼を我が陣営に加えるためにも、今回の遠征は成功させる必要があります」

アリアスは厳しい表情で僕を見つめた。

そして、ゆっくりと口を開いた。

「カズマ、もしもゴート公爵を味方に引き入れられたら、我が陣営にとっては大きな力となります。お願いできますか？」

僕はアリアスの視線を真正面から受け止めた。

「もちろんだよ！　必ずモンスターたちをたくさんテイムしてくるよ。それに……」

僕はそこでレノアに向き直る。

「ゼークル伯爵も退治しないとね」

僕の言葉に、レノアが応じた。

「そう。この二つの案件を、僕らは速《すみ》やかに行わなければならない。準備ができ次第出発したいけど、どうかな？」

「今すぐでも大丈夫だよ！」

僕が即座に答えると、レノアはアリアスに向き直った。

「殿下、それではレノア・オクティス、カズマ・ナカミチの両名は、ただちにクランベル州に赴《おもむ》き、ゼークル伯爵討伐及びモンスターテイムに向かいたいと思いますが、よろしいでしょうか？」

レノアの言葉を受けて、アリアスが表情を引き締《し》めた。

そして、レノアの顔をしっかりと見つめ、次いで僕と視線を交わした。

「わかりました。では両名ともに出発を許可します」

瞬間、レノアが勢いよく立ち上がった。

僕もそれを受けて立ち上がる。

続けてアリアスもゆっくりと立ち上がると、先ほどとは打って変わって優しい笑みを浮かべた。

「ゼークル伯爵は狡猾《こうかつ》な人物だと聞いています。決して油断なきようにしてください。また、モンスターテイムについてはわたしはよくわかりませんが、どのようなモンスターがいるかわからない以上、充分に気をつけてください。いいですね？　決して無理はしないように」

僕とレノアは互いを見てうなずき、腕を合わせると、アリアスを見た。

「わかった。充分に気をつけるよ。それに調子にも乗らない。だから心配しないで」

アリアスは深くうなずく。

「わかりました。では、気をつけて行ってらっしゃい」

「うん！　行ってくるよ」

そうして僕とレノアは、二つの目的を胸に、遠征先のクランベル州へと向かうのであった。

＊

オルダナ王国の中心部に位置する首都ミラベルトより、馬で南下すること三日。

僕らはようやくゼークル伯爵が治めるクランベル州にたどり着いた。

今回の遠征メンバーは僕とレノア、それにベルトールとシモーヌの四人だ。

レノアのもう一人の従者、アッザスは念のためアリアスの護衛で残っている。

「どうやら着いたようだね」

僕はクランベル州との州境を見下ろす丘の上から、ため息交じりに横のレノアに語りかけた。

レノアはかなり疲れているらしく、馬上でほっと息を吐《は》き出した。

「ああ、本当にようやくだよ」

「今回はだいぶ疲れたみたいだね？」

レノアはさらに深いため息を吐《つ》いた。

「そうだね。数日もの間、馬を飛ばすとなると……ほら、馬の背に乗ると上下運動がひどいからね。なんていうか、内臓がずいぶんと痛めつけられたように感じるよ」

「確かにね」

僕は笑顔で返事をした。

レノアが肩をすくめた。

「確かにと言いながら、君はずいぶんと平気な顔をしているじゃないか」

「そうでもないよ。僕だって疲れているよ」

「本当かい？　全然平気なように見えるけど」

レノアが懐疑的な視線を僕に向けてきた。

「まあ、そんなに疲れているってわけじゃないよ。でも、本当に少しは疲れているよ」

「ほら見ろ。少しじゃないか。そもそも君と僕とでは身体のつくりが違うんだ。こんな恐ろしい強行軍では、超人の君はともかく、常人の僕が疲れ果てるのは当然だよ」

レノアが鬼の首を取ったように言った。

「僕は別に超人なんかじゃないよ」

「おいおい、帝国最強師団を相手に単騎で特攻を仕かける男が超人じゃないだって？　だったら、この世の中にはおよそ超人と呼べる者は誰一人いないだろうね」

「まあまあお二人さん。今日のところは早く宿に入りましょうよ。わたしもさっきから、身体についたほこりが気になっちゃって仕方がないんですよ」

ここで後ろに控えるレノアの従者のシモーヌが、僕らの間に割って入った。

「わかったよ。とりあえず今日のところは、あそこの町で休むとしよう」

レノアはそう言って、眼下に見える町を指さした。

少し大きめの宿場町で、ほうぼうでもうもうと湯煙を上げている。

「いいね。どうやら温泉があるみたいだし」

僕はうなずいた。

「ええ。あそこはガラザスという宿場町でして、豊富な湧出量の温泉で有名なんです」

もう一人の従者である年長のベルトールが言った。

「それは楽しみだね！」

僕は顔をほころばせた。

「よし、ならさっさと行こう！」

レノアも機嫌を直したようで、笑顔を見せた。そして、力強く手綱《たづな》を振るった。

それに応《こた》えて、馬が力強く歩様《ほよう》を前に出す。

僕も遅れてなるかと手綱《たづな》を振るった。

こうして僕らは、ゼークル伯爵が領地とするクランベル州へと足を踏み入れた。

僕らはガラザスで宿を決めると、四人で手近なレストランに入った。

「ふう、食べた食べた」

僕は目の前の皿の上にもう何も残っていないことを確認すると、そう言ってお腹をさすった。

「よく食べたね。三人前はあったんじゃないか？」

横に座るレノアが言った。

僕は苦笑いを浮かべた。

「そうだね。だいぶお腹が空《す》いていたみたい」

「食べ盛りですからね。いいんじゃないですか」

対面に座るベルトールが渋《しぶ》い声で言った。

「そうね、レノア様ももう少しお食べになられた方がいいんじゃなくて？」

その横のシモーヌが妖艶《ようえん》な声で続いた。

「僕は一人前で充分さ。それよりも疲れた。早く宿に帰って寝ることにしよう」

僕もレノアの意見に賛成だ。

「そうだね。明日は早速ゼークル伯爵のところに行くんでしょ？　だったら今日は早めに休もうよ」

「そうですな。宿屋に戻るとしますか」

ベルトールも同意した。

「ええ、そうね。わたしも今日は疲れちゃったわ」

シモーヌも同じ考えのようだ。

「よし、じゃあさっさと宿屋に戻って休むとしよう」

レノアは椅子を引いて立ち上がった。

僕らもそれに続き、美味《おい》しかったレストランを後にした。


「うん？」

レストランを出て宿屋に戻る途中、僕はとある高い建物の上で何かが光ったように感じた。

思わず足を止め、その場所を凝視《ぎょうし》する。

「どうかした？」

レノアが問いかけてきた。

「あの高い建物の上が光ったように思えて……」

僕は建物の上を見たまま、レノアに答えた。

「どこ？」

レノアの声が鋭くなった。

「あそこだよ。あの建物の上が一瞬だけ光ったんだ」

僕は頑丈《がんじょう》そうな五階建ての建物の屋上を指さした。

「怪しいな。敵か？」

「調べましょう。今すぐに」

ベルトールが言った。

「そうだな。よし、行こう」

レノアは駆け出した。

僕やベルトールたちも後に続く。

「よし、四人であの建物を四方から囲もう」

レノアの指示を受け、僕らは無言でうなずいた。

「ベルトールは建物の裏手で、シモーヌは建物の左側でそれぞれ待機。僕は右側に陣取る。カズマは僕らが配置についたのを確認後、正面から突入してくれ。ただし、慎重にだ」

件《くだん》の建物にたどり着くと、僕は足を止め、息を大きく吐《は》き出した。

僕の横をベルトール、シモーヌ、レノアの順に駆け抜けていく。

建物の正面には、頑丈《がんじょう》そうな大きな扉がある。

あそこから突入だ。

僕は一度、頭上を見上げる。

月明かりに照らされた五階建ての高層建築は、自らの威容を誇示しているかのようだ。

ずいぶんと高い建物だ。この辺では他にこのような高さの建物はない。
それに、街中《まちなか》であるにもかかわらず、なぜかこの建物の周りだけ他に建物がない。
見張り塔のように見えなくもない。
何かを見張るつもりなら、この建物の屋上ほど適した場所はないだろう。
ゼークル伯爵の手の者だろうか？
おそらくそうだろう。他に考えられる者はない。
建物の右側にはレノアが見える。
シモーヌはすでに建物の左側に入っていった。
あとはベルトールが建物の裏手にたどり着くのを待つだけだ。
そのとき、レノアの右手がすっと上がった。
どうやら全員配置についたようだ。
よし、突入だ。
僕はゆっくり歩き出すと、建物の正面にある頑丈《がんじょう》そうな扉の前までひといきに進んだ。
一階の窓からは、室内でほのかな明かりが灯っているのがわかる。
それに、微《かす》かに話し声も聞こえた。
誰かいるのは確実だ。

僕はゆっくりとドアノブに手をかける。
そして、力強く握り込み、右に回す。
だが、ドアノブはすぐにガチャッという音を立て、それ以上は動かなかった。
当然のことながら、カギがかかっているようだ。
さて、どうするか。強引にカギを壊して中に侵入するか、それとも……
僕はそこで二回、扉を叩《たた》いてみる。
コンコン。
すると、室内でガタガタガタという音が聞こえる。
椅子から立ち上がった音だろうか。一度にいくつも鳴った。
これは結構な人数いるぞ。
僕がそんなことを思っていると、扉のカギを開けるガチャリという音がした。
次の瞬間、勢いよく扉は開き、中からむくつけき男たちが姿を現した。
「なんだ小僧《こぞう》！　俺らに用でもあるってのかい！」
先頭の、顔に大きな傷のある男が僕を睨《にら》みつつ、ドスの利いた声で怒鳴《どな》る。
その後ろからは、人相の悪い男たちが続々と姿を現してきた。
僕はたちどころに、ガラの悪い男たちに囲まれてしまった。

「おい！　聞いてんのか！　なんの用だって聞いてんだよ！」

顔に傷を持つ男が、チンピラみたいにガニ股の足を大きく横に開いて、身体を左右に揺《ゆ》らしながら僕に近づいてくる。

後ろの男たちもみんな、ガニ股だ。

うん。これはマフィアだな。

「あの、マフィアの人たちだよね？」

僕は思い切って聞いてみた。

「ああ～ん？　何言ってやがんだてめえは！　ふざけたことぬかしてんじゃねえぞコラ！」

顔に傷のある男は、首を縦に何度も上下させて僕を舐《な》めるように見る。

う～ん、ちょっと会話にならない。

だが、僕は諦《あきら》めずにもう一度尋《たず》ねた。

「別にふざけてはいないよ。ただ、あなたたちがマフィアの人たちかどうか聞いているだけなんだけど」

すると男は、斜めに深く傷が走る顔を僕の顔にぐっと寄せて凄《すご》んだ。

「それがふざけてるって言ってんだよ！　マフィアに向かってマフィアの人ですかだと？　てめえ、一体何考えてんだコラ！」

「ああ、やっぱりマフィアの人たちなんだね」

「だったらどうだって言うんだコラ！」

マフィアたちがみんな、青筋立てて睨《にら》みつけてくる。

「え～と、誰に頼まれたか教えてもらえるかな？」

僕は冷静に尋《たず》ねた。

ちなみに、レノアたちは建物の陰からこちらを見守っているようだ。

「はあ～？　何を言ってんだてめえは！　頭イカレてんのかコラ！」

男たちは怪訝《けげん》そうに首を傾《かし》げるだけで、答えてくれない。

う～ん、僕としてはまずそれを聞いておきたかったんだけど……

事が済んでから尋問《じんもん》すればいいのかな？

「おい！　聞いてんのか！　小僧《こぞう》！　てめえは一体何しに来たんだよ！」

僕は少しだけ考えてから言った。

「敵を倒すため……かな」

マフィアたちが一斉に笑い出した。

顔に傷の男も大いに笑うが、しばらくしてまた元の怖い顔になった。

「おい、お前、俺らを敵に回すってのか～？」

僕は一瞬間を置いてから、こくんと首を縦に振った。

その瞬間、男たちの顔から笑みが消えた。

そして、先頭の顔に深い傷を負った男が、またも僕に顔を寄せた。

「てめえ、本気で言ってんのか？　あん？　ていうか、てめえどこのもんだ！」

どこのもん……どこの者かってことだよな……そうだな……

「アルデバランの者……かな？」

男たちは、またも怪訝《けげん》そうに首を傾《かし》げた。

「アルデバランだと～？　お前、何言ってんだ？　俺は別にお前の故郷を聞いたわけじゃねえぞ！」

ただ、傷の男は眉《まゆ》をひそめて僕に凄《すご》んだ。

いや、別に、アルデバランは僕の故郷ではないんだけど……

まいったな。どうしたら話が通じるのかな？

僕が考えていると、傷の男がさらに顔を突き出してきて――

「てめえ、マジでふざけるんじゃねえぞ！」

僕の胸倉を掴《つか》んだ。

僕は反射的に、その手を握りしめた。

すると、男が悲鳴を上げて膝から崩れ落ちた。

「ひゃあ！」

男は顔を歪《ゆが》め、脂汗《あぶらあせ》が顔中から噴き出している。

後ろの男たちが色めき立った。

「て、てめえ、なにしやがる！」

「やる気か！」

「いい度胸じゃねえか！」

「その手を離しやがれ！」

ええ!?　そんなに強く握ったわけじゃないんだけど……

僕はとりあえず、手を離してみた。

傷の男は慌《あわ》てて手を引いて後ずさり、よろよろとよろめいたところを他の男たちに支えられた。

「て、てめえ……よくもやりやがったな……」

僕に握られていた手を痛そうにさすりながら、怒りの表情で言った。

先に手を出してきたのはそっちなんだけどなあ……

僕がそんなことを考えていると、傷の男が皆をけしかけてきた。

「おい、お前ら、やっちまいな！」

後ろの男たちが喚声を上げ、一斉に殴《なぐ》りかかってきた。

うん。こうなったら仕方がないよね。

僕は一人目の男の右ストレートをスウェーバックして躱《かわ》すと、カウンターで左フックを放ち、男の顎《あご》を打ち抜いた。

男は声も出さずに膝から崩れ落ちた。

だがすぐに次の男が、僕に右方向から左フックを放ってきた。

僕は顔だけ右に倒して躱《かわ》すと、これまたカウンターで右の裏拳を相手の顔面に撃ち込んだ。

「びぎゃっ！」

男は声にならない声を上げ、一人目の男同様膝から崩れ落ちた。

さあ次は三人目だ。

それにしても、どうも最近、戦闘になると相手の動きがスローモーションに見える。

今も、僕に近づいてくる相手の拳がゆっくりだ。

さて、どう躱《かわ》そうか。

右か、左か、それとも下か。

ためしに上に跳《と》んでみるか。

僕は軽く膝を曲げた後、思い切り上に跳《と》び上がった。

すると、三人目の男は呆然《ぼうぜん》とし、たたらを踏んで空振《からぶ》りした。

そこへ覆いかぶさるように四人目が。

五人目も目標を失い、もんどりうっている。

跳《と》んだ僕は、彼らを苦笑しながら眺めた。

他の男たちは、皆唖然《あぜん》とした顔で僕を見上げている。

僕は彼らの目の前に着地した。

さて、どうしたものか。

僕がこの後のことを迷っていると、男たちの後ろから突然鋭い声が飛んだ。

「てめえら、何をしてやがる！」

途端、唖然《あぜん》としていた男たちに緊張が走った。

慌《あわ》ててかしこまりつつ、サーッと左右に割れて道を作った。

その道から、いかにも凶悪そうな顔つきをした男が、ゆっくりとこちらに向かって歩いてくる。

「やあ、坊ちゃん。俺らに何か用かな？」

凶悪な面相をし、でっぷりと肥え太った小男が、実に嫌らしそうな笑みを浮かべている。

「僕が用があるっていうより、そちらの方が僕に用があるようなので」

肥え太った小男は肩越しに軽く振り返り、むくつけき男たちを睥睨《へいげい》した。

「そうなのか？」

「いや、この小僧《こぞう》が俺らに因縁をつけてきたんですよ！」

一人がすかさず答えた。

男は肩をすくめて僕に振り返った。

「と、言っているが？」

僕も肩を軽くすぼめ、言い返した。

「先に手を出してきたのはそちらだよ」

男はまたも肩口で振り返る。

「どうなんだ？」

「それは、そうですが……ただこの小僧《こぞう》が挑発《ちょうはつ》してきやがったんでさあ！」

先ほど答えた者が再び言った。

太った男は何度もうなずいた。

「ふうん……だそうだが？」

そして、僕を睨《にら》む。

この人、面倒くさいな……

こういう嫌らしいタイプは好きじゃない。

自信があるんだかないんだか知らないけれど、なんか余裕ぶっていて癪《しゃく》に障《さわ》る。

「で、あなたはボスか何かなの？」

「まあな。俺はアーバル。ライノビアンコのボスだ」

男は嫌らしく笑みを浮かべた。

ライノビアンコね。それがマフィアの名前か。

「おいおい、俺だけが名乗ってお前さんが名乗らねえってのはおかしいんじゃないか？」

アーバルが顎《あご》をくいっと上げた。

確かに。

「僕はカズマ・ナカミチ」

すると、アーバルの顔が大きく引きつった。

「……な……んだ……と？」

「どうかされたんですかい、ボス？」

アーバルの問いに答えていた男が、ボスの様子を見て怪訝《けげん》そうに尋《たず》ねた。

アーバルは先ほどまでの余裕ぶった態度とは打って変わって、相当に焦《あせ》った表情をする。

「おい……ロッソ・スカルピオーネを知っているか？」

その問いは、男たちに尋《たず》ねているのか、僕に尋《たず》ねているのかよくわからなかった。

だが一応、僕が答えてみた。

「知っているよ。だってこの間、僕が潰《つぶ》したからね」

アーバルと男たちは、わなわなと一斉に震え出した。

どうやら彼らは、ロッソ・スカルピオーネが壊滅した話をすでに聞いていたらしい。

「聞いている……ロッソ・スカルピオーネを潰《つぶ》したのは……カズマ・ナカミチっていうアルデバランの英雄だと……」

アーバルが驚き、慌《あわ》てふためいた様子で呟《つぶや》いた。

背後の男の一人が口を開いた。

「ア、アルデバラン……確かこの小僧《こぞう》……アルデバランのもんだってさっき……」

アーバルはその声を聞いていたのかどうかわからないが、補足するように呟《つぶや》く。

「しかも、その英雄の容姿は……どうみても子供にしか見えないと……」

僕はうなずいた。

「そうだね。まだ僕、十五歳だし」

アーバルはふらふらと足元がおぼつかなくなり、後ろに倒れ込んだ。

そんな彼を、男たちが抱えるように支えた。

「な、何をしに来た……ま、まさか、俺たちを潰《つぶ》そうっていうのか？」

アーバルが言う。

僕は眉根《まゆね》を寄せた。

「別にそういうわけじゃないよ。ただ、この建物の屋上がキラッて光ったから、僕らを狙っている者がいると思って。それを聞きに来ただけだよ」

「おい！　お前ら、俺になんの断りもなく、この小僧《こぞう》……いや、この御方《おかた》を狙おうとしたのか！」

アーバルが慌《あわ》てた様子で男たちに問いかけた。

男たちは一斉に顔をブルンブルンと横に振った。

「いえ！　そんなことしてねえです！」

アーバルは男たちの顔を見つめ、その真剣な表情から信じたようだ。

「し、してねえって言ってますが……」

僕は首をひねった。

「う〜ん、どうなんだろう。確かに嘘をついているようには見えないけど」

男たちは揃って、首がもげそうなほど勢いよくぶんぶんと縦に何度も振った。

「あれ〜？　じゃあ、あれはなんだったんだろう？　君たちはここにいる人で全員？」

すかさずアーバルが後ろを振り返った。

「おい、どうなんだ？　全員いるのか？」

男たちも慌《あわ》てた様子でそれぞれに顔を見合わせた。

そして、みんなはアーバルにうなずいた。

「全員います」

アーバル自身も数えていたらしく、自信に満ちた態度で言う。

僕は再び首を傾《かし》げた。

そのとき突然、マフィアのアジトの屋上からケラケラと笑う声が響いた。

僕もマフィアたちも驚き、建物を見上げた。

屋上では、煌々《こうこう》と輝く月に照らされた一人の男が、楽しそうに笑っていた。

僕はその腹を押さえて笑っている男を見上げながら、アーバルに尋《たず》ねる。

「ここに全員いるっていうのは嘘だったんだね？」

すると、アーバルが勢いよく首を横に振った。

「ち、違う！　あんなやつ知らねえ！　見たこともねえ！」

僕は視線を下ろし、ライノビアンコの面々をギロリと睨《にら》みつけた。

だが、彼らは真剣な表情で皆口々に言った。

「ボスの言うことは本当だ！」

「俺たちだってあんなやつ知らねえ！」

「信じてくれ！　あんなやつ見たこともねえ！」

彼らの表情を見るに、真実を語っているように思えた。

となると……

状況を見守っていたレノアが建物の陰からすっと現れた。

「どうやらカズマが見た光は、あの屋上にいる男から発せられたものらしいね」

「うん。どうやらそうみたいだ」

僕は建物の屋上でまだ腹を抱えて笑っている男を睨《にら》みつつ歩き出した。

急に僕が動き出したため、ライノビアンコの面々がびびって一斉に後ずさった。

だが、僕はそんなことには構わず、建物に近づいていく。

「どうするつもりだい？」

並んで歩くレノアが問いかけてきた。

僕はまだ笑い続ける男を見つめながら、答えた。

「屋上に上がってあの男と話してみるよ。レノアはベルトールたちとこのまま建物を囲んでいて。たぶんないとは思うけど、もしかしたら逃げようとするかもしれないし」

「わかった。君のことだから心配はいらないだろうが……どうも嫌な予感がする。くれぐれも油断しないでくれ」

「大丈夫だよ。問題ない」

「ああ、まず大丈夫だとは思う。だが、わざわざ大声で笑って自分の居場所を君に教えたくらいだからね。かなり自信家なんだろうし、気をつけるに越したことはないと思う」

レノアの声にはわずかだが不安がまじっていた。

なるほど。確かにそうか。

僕はレノアを見てうなずいた。

「わかった。くれぐれも油断しないようにするよ」

「そうしてくれ。じゃあ」

レノアが笑みをこぼし、僕から離れていった。

僕は、マフィアたちによって開け放たれたままの扉からアジトに入り込むと、まずはぐるっと室内を見回した。

博打《ばくち》でもしていたのだろうか、いくつものテーブルの上にたくさんのカードやチップが散乱している。

僕がそんな雑然としたテーブルとテーブルの間をすり抜けていくと、真正面に階段があった。

僕はその階段を上がっていく。

慌《あわ》てるつもりはない。

レノアが言った通り、屋上にいる男は決して油断すべき相手ではないだろう。

月明かりのもとであることと五階建ての屋上にいたことから、ちゃんと顔は見えなかったものの、確かにただならぬ雰囲気《ふんいき》の持ち主に見えた。

ならば、ゆっくり行こう。

到着が遅れることで相手が焦《じ》れてくれれば、こちらのペースに持ち込めるかもしれない。

実のところ、僕もレノア同様、先ほどから悪い予感がしはじめていた。

なぜだろうか。

レノアに言われたからだろうか？

いや、違う。たぶん最初からだ。

あの光を見たときから、僕は嫌な予感がしていたのではないだろうか。

僕の心臓の鼓動が早くなっていく。

どうしたっていうんだろう。こんなことは初めてだ。

あのベルガン帝国最強と謳《うた》われるカイゼル・グリンワルドと対峙したときだって、こんな風にはならなかった。

ということは、この上にいる男は、あのカイゼルよりも強いのだろうか。

僕は逸《はや》る気持ちを抑えるように、意識的にゆっくり階段を踏みしめる。

この建物は防音設備が整っているのか、音がほとんど聞こえなかった。

僕は無音に近い状態の中、自分の足音だけを聞きながら、屋上の男に思いを馳《は》せた。

何者なのだろうか。

僕は広がっていく不安を抱えながら、一歩ずつ階段を上がっていく。

気づけば、目の前に扉が現れた。

どうやら、いつの間にやら屋上にたどり着いてしまったらしい。

五階まで階段を上がった感覚はなかったけれども、扉が目の前にあるのだから間違いない。

僕は一旦大きく息を吸い、肺腑《はいふ》の中を新しい空気で満たした。

そして一気に吐《は》き出す。

唇《くちびる》が震え、ぶふうーっという音が響き渡る。

よし、行こう。

僕は気持ちを固めると、ドアノブに手をかける。ゆっくりと回し、一気にドアを押し開いた。

一気に外気が階段の踊《おど》り場に流れ込んでくる。

代わりに、建物内のたばこの煙や臭いが充満した空気が、瞬《また》く間に一掃《いっそう》された。

そして——

男は屋上の手すりに腰かけ、両手をぶらんと下ろして僕を待ち構えていた。

「やあ」

ひどく快活な声だった。

年の頃は二十歳くらいだろうか。

黒髪に黒ずくめの服装で、夜の闇に紛《まぎ》れそうなほどなのに、声はずいぶんと明るい。

僕はなんとなく不釣り合いだなと思いつつ、男に少しずつ近づいていった。

「君は何者？」

僕は最大限に警戒しながら、男に声をかけた。

男は大きく肩をすくめた。

「さあ？」

なんか芝居《しばい》がかっている。

すべてが大仰《おおぎょう》だ。

嘘くさい。

とりあえず、しばらく会話を交わして、探ってみよう。

「さあって何？」

男は大げさに両手を広げた。

「さあは、さあさ。疑問形だよ」

「君はなんで、僕の問いかけに疑問形で返すの？」

「なんでと言われてもね。わからないからさ」

「わからない？　何が？」

「僕は自分がなんだかよくわかっていない。だから、さあと答えたのさ」

何やら禅問答のようだ。相手にすると疲れそうだけど……

「僕の名前はカズマ・ナカミチ。君の名前は？」

男は口元を緩《ゆる》めた。

「名前か。知り合いからは、エニグマと呼ばれているよ」

「なんだ。名前あるんじゃないか」

「そうだね。個体識別名は一応あるね。それがないと、会話もしづらいしね」

「個体……識別名？」

「ああ。君の名前も、君という個体を他者が識別するためについているだけだろう？　それ以上の意味はない。だから、君も自分が何者かなんて、実のところわかっていないんじゃないかな？」

何か難しいことを言っている。

僕には……よくわからない。

すると、それが顔に出たのだろうか。

エニグマがクククッと笑い出した。

そして口元を大きく歪《ゆが》めて、言った。

「君は何者なんだ？」

僕は眉根《まゆね》を寄せた。

「僕？　だから僕はカズマ・ナカミチだよ」

エニグマはまたもククッと笑う。

「だからそれは個体識別名だろ。僕が聞いているのは、君の本質さ」

エニグマはまたも芝居《しばい》がかったように、肩を大きくすくめる。

「本質……」

本質ってなんだろう？　僕の本質……それは……

しかし、僕の考えを遮《さえぎ》るようにエニグマが言った。

「わからなくて当然さ。僕だってわからない。僕は一体どこから来て、どこへ去ろうとするのか……」

エニグマは視線を上げて、虚空を見つめる。

どうやら思索にふけっているようだ。

どこから来たのか……か。

僕は元々この世界の住人じゃない。

別の世界から、なぜかこの世界に迷い込んでしまった。

だから、どこから来たのかと問われたら、別の世界からと答えるだろう。

でも、そういうことじゃないんだろう。

エニグマが僕に問いかけていることは、たぶんそういうことじゃない。

けれど、それを上手く言葉にできない。

もどかしい気持ちが僕の胸を駆け巡る。

なんと言ったらいいんだろう。

そんなことを考えていると、いつの間にかエニグマが僕を見つめていることに気づいた。

僕もじっとエニグマを見る。

凄《すご》く長い時間見つめ合った気がするが、おそらくそれは一瞬だったのだろう。

エニグマがゆっくり口を開いた。

「君はやっぱり面白いね」

面白い？　僕が？

「面白いことを言った記憶はないけど」

エニグマはまたも快活に笑った。

「面白いよ。君は存在そのものがユニークだ。見ていて飽《あ》きない」

「僕は別に見られたくないんだけど」

「それはそうだろうね。僕も誰かに見られるのは嫌いだ」

「じゃあ、見ないでほしい。君はさっきこの屋上から僕らのことを見ていたよね？」

「ああ。見ていた。正確には君らではなく、君だけだよ」

「どっちでもいいよ。とにかく君は僕を見ていた。それは一体、なんのため？」

エニグマはまたも大仰《おおぎょう》に肩をすくめた。

「悪いけど、君を見たいから見ていた。それだけさ」

堂々巡りだ。少しイライラしてきた。

でも、僕はぐっとこらえて会話を続ける。

「なんで見たいと思ったの？　理由は？」

エニグマは口元に笑みを浮かべた。

「なんでだと思う？」

こういうのはやめてほしい。

「聞いているのは僕だよ。答えてよ」

エニグマはため息を吐《つ》き、仕方なさそうに言う。

「君が転生者だからさ」

驚いた。僕は心底驚いた。きっと、またもそれが顔に出ていたのだろう。

エニグマが愉快そうに笑った。

「驚いたかい？　でも合っているだろう？」

僕は答えに窮《きゅう》した。どう答えるべきか。否定すべきか、それとも肯定すべきか。僕が転生者であることを知っているのは、アリアスとギャレット、それに侍女のメルアとルイーズ。それからアルフレッドとガッソも知っている。あとは、最近レノアも。

だから合計七人。でも、この七人は信用できる。

決して僕の秘密を口外したりはしないだろう。

それにもかかわらず、エニグマは僕が転生者であると確信をもって言った。

知るはずのない秘密を彼は知っている。

ならば、否定したところで意味はないと思う。

僕は深呼吸して落ち着きを取り戻し、覚悟を決めてエニグマと対峙する。

「なぜそれを君が知っているんだ？」

「なぜ知っているか……か」

エニグマは、またも虚空を見つめて、しばしの間考え込んだ。

そしてようやく考えがまとまったのか、彼は僕をじっと見つめた。

「僕はね、以前にも転生者に会ったことがあるんだよ。君はその男にとても似ている。だからかな」

本当だろうか？

僕以外にも転生者がいるらしいということは、アルフレッドから聞いていた。

バーン商会の創設者であるアルフレッドのおじいさんが、転生者と会ったことがあると言っていた。

僕はそのことを聞いて、ぜひアルフレッドのおじいさんに会って話を聞いてみたいと思っているのだけど、アリアスの警護のこともあり、まだそれは果たせていない。

「それは本当の話？」

エニグマは片眉《かたまゆ》をキュッと上げた。

「もちろんさ。疑うのかい？」

「わからない。本当かもしれないし、そうじゃないかもしれない。僕には君の話を判断する材料がないから」

エニグマが空を見上げるようにして笑った。

「そうだね。でも相手に面と向かってそんなに正直に言うものじゃないよ。それでは自分の手の内を全部さらすようなものだ。もう少し、隠した方がいいね」

「しょうがないじゃないか。正直で何が悪い」

僕は正直に話したのに、説教されて少しだけむくれた。

エニグマが笑顔のまま、うなずいた。

「まあね。人としては悪くないよ。それどころかとてもいい。そういう人間は誰からも好かれるだろうしね。僕も君が好きだ。でも、もしも僕が敵だった場合、困ることになりはしないかい？」

「敵なの？」

僕はむくれた顔のまま言った。

エニグマが右手を広げて自らの顔を押さえながら、くっくっくと下を向いて笑った。

ひとしきり笑い終えると右手を外し、顔を上げて僕を見つめた。

「今のところは敵じゃないよ。でも、先のことはわからない」

まったくわけがわからない。本当になんなんだろうか。

僕は話を本題に戻そうとした。

「それで、その転生者にはいつ頃出会ったの？」

「百年くらい前かな」

百年前だって⁉

僕はこれ以上ないくらいに目を剥《む》き、口を大きくあんぐりと開けてしまった。

エニグマがまたも愉快そうに天を見上げて笑った。

「面白いね。やっぱり君は面白い。喜怒哀楽が本当に素直に顔に出る。とても好感が持てるよ」

彼は完全に僕を面白がっている。

でも今は、そんなことはどうでもいい。

エニグマの言ったことは本当なのだろうか。

もしも本当だとしたら、このエニグマという男は……

「百年前に会ったっていうのは……本当の話？」

僕はそっと唾《つば》を飲み込む。

エニグマは笑うのをやめ、視線を落とし、僕をじっと見つめた。

「ああ、本当さ。君の想像通り、僕は人間じゃないんでね」

やはり！　エニグマは人間じゃない。

僕の目の前の男は、その見た目とは違うんだ。

エニグマが、口元を緩《ゆる》めた。

「そんなに緊張しなくてもいいよ。別に何もするつもりはない。今日のところは挨拶《あいさつ》程度さ」

挨拶《あいさつ》？　顔を見せに来ただけってことか？

「本当にただそれだけ？」

エニグマは軽くうなずいた。

「ああ。本当は会うつもりもなかった。君が目ざとく僕を見つけなければね」

「ただ僕を観察するつもりだったってこと？」

「そう。でも君は僕に気づいた。なら、挨拶《あいさつ》くらいはしておこうと思ってね。ここで待っていた」

「じゃあ、下のマフィアたちとは関係ないんだね？」

「ああ、もちろんだよ。僕もまさかこの建物がマフィアのものだとは思っていなかったよ。この近辺で一番高くて障害物もないから、ここで観察しようと思っただけさ。でも、おかげで面白いものが見られてよかったよ」

僕とマフィアたちとの戦いのことか。

僕は別に見世物じゃないんだけどな。

まあいいや、それよりも……

「でも、どうやってこの屋上まで来たの？　外階段がついているわけでもなさそうだけど」

屋上を見渡しても、下への階段があるようには見えない。

あるのは、僕が上ってきた建物内の階段だけだ。

すると、エニグマが僕の言葉を聞いて大いにうなずいた。

「ああ。僕は階段を上ってきたわけじゃない」

僕はエニグマの言葉に眉根《まゆね》を寄せた。

「じゃあどうやって……」

そのとき、突然エニグマの背中から何かが出てきた。

とても黒く、夜の暗さになじんでいたため、すぐには何かわからなかった。

だが、しばらくすると目が慣れたのか、正体がわかった。

それは、闇夜に滲《にじ》むような漆黒《しっこく》の翼であった。

漆黒《しっこく》の翼がゆったりとした動作で羽ばたく。

途端、物凄《ものすご》い風圧が僕の全身に襲いかかる。

「ぐっ！」

僕は両手を顔の前で交差させ、両足を強く踏ん張り、前傾姿勢となって耐えた。

徐々に風圧が弱まってきた。

僕は風の抵抗に逆らい、ゆっくりと顔を上げた。

そこには、月に照らされ夜空に浮かび上がる、漆黒《しっこく》の翼を背負ったエニグマの姿があった。

「君は……」

「今日のところはこれで失礼するよ。またいずれ、どこかで会うとしよう」

エニグマは笑顔でそう言うと、そのまま徐々に上昇していく。

しばらくすると、雲間に隠れて見えなくなった。

僕はしばしの間、空を見上げたまま立ち尽くした。

「カズマ」

どれくらい時間が経ったのか、背中から声がかかった。

振り向くと、レノアが心配そうな顔をして近づいてきていた。

「どうかした？」

「うん……」

僕が上手く言葉にできないでいると、レノアがそれを察したらしい。

「黒い大きな鳥のようなものが飛び去っていったけど……あれはもしかして、人か？」

僕はゆっくりうなずいた。

「やっぱりか……あの笑っていた男？」

僕はもう一度うなずいた。

「そう。エニグマって名乗っていた」

「何者なんだ？　まさか、天使だというわけでもないだろうけど……」

確かにあの翼は、天使のようであった。

「でも、翼から服から何もかも黒いよ？」

「なら悪魔かな？」

レノアは笑顔で冗談《じょうだん》めかしたが、僕は笑えなかった。

それを見たからだろう、レノアも笑みを収めた。

「笑い事じゃないみたいだね」

「うん。彼は、僕とは別の転生者に会ったことがあると言っていた」

レノアも驚いたようだ。

「本当に？　それはいつどこで？」

「どこかはわからない。ただ……」

「ただ、何？」

言いよどんだ僕を、レノアが急かす。

僕は軽く息を吸い込み、次いで吐《は》き出した。

「百年ほど前に会ったと言っていた」

レノアは珍しく口を大きく開けて、息を呑《の》んだ。

僕は肩をすくめ、待った。

しばらくして、レノアが口を開いた。

「百年前ってのは……冗談《じょうだん》……ではないんだろうな。少なくとも本気で言っていたんだね？」

「うん。それに加えてあの翼だからね。たぶん本当なんじゃないかな」

「ああ、確かに。背中に翼が生えて空を飛ぶなんていうのは……人間のやることじゃない。それなら百年以上生きていても不思議じゃないか……」

彼の見た目は二十歳くらいに見えた。

到底老人のそれではなかった。

なら、やはり彼は人ならぬモノなのだろう。

天使なのか、それとも悪魔か。

もしかしたら、それ以外の何かかもしれない。

今はまだ、彼のことは何もわからない。

でも、そのうちわかるような予感がしている。

なんとなくではあるけれど、いずれ彼の正体を知る日が来ると、漠然《ばくぜん》と感じ取っていた。

彼もまた、いずれどこかでまた会おうと言っていた。

だから今は、彼のことはこれ以上考えるのをやめよう。

僕は、彼が見えなくなった空を見上げるのをやめた。

Re:Monster
リ・モンスター
1〜9・外伝
8.5
暗黒大陸編1〜3
金斬児狐
Kanekiru Kogitsune
150万部
シリーズ累計
(電子含む)
突破!
2024年4月
TVアニメ
放送決定!!
ネットで話題沸騰!
怪物転生
ファンタジー
最弱ゴブリンの下克上物語 大好評発売中!
コミカライズも大好評!
Re:Monster
リ・モンスター
金斬児狐
【小説】
1〜9巻/外伝/8.5巻
転生したのはまさかの最弱ゴブリン!?
ネットで超人気!
怪物転生
ファンタジー
新章
Re:Monster
暗黒大陸編
リ・モンスター
1
【小説】
1〜3巻(以下続刊)
新たな旅が今始まる!
65万部!
新シリーズ!
最弱ゴブリンから最強黒鬼
そして新世界の伝説へ!
Re:Monster
リ・モンスター
1
【漫画】
1〜10巻(以下続刊)
転生したのは…最弱ゴブリン!?
異世界下克上
サバイバルファンタジー
累計
23万部
突破!!
待望のコミカライズ!!
◉各定価：1320円(10%税込)
◉illustration：ヤマーダ
◉各定価：1320円(10%税込)
◉illustration：NAJI柳田
◉各定価：748円(10%税込)
◉漫画：小早川ハルヨシ

風波しのぎ
Kazanami Shinogi
シリーズ累計
250万部!
(電子含む)
THE NEW GATE
ザ・ニュー・ゲート
01~22
2024年 待望の
TVアニメ化!
コミックス
1~13巻
好評発売中!
風波しのぎ
THE NEW GATE
ザ・ニュー・ゲート
01.終わりと始まり
驚異的人気のWeb小説、待望の書籍化!
絶対覇者《ハイヒューマン》の無双バトル!
デスゲームと化したVRMMO－RPG「THE NEW GATE」は、最強プレイヤー・シンの活躍により解放のときを迎えようとしていた。しかし、最後のモンスターを討った直後、シンは現実と化した500年後のゲーム世界へ飛ばされてしまう。デスゲームから“リアル異世界”へ――伝説の剣士となった青年が、再び戦場に舞い降りる!
漫画:三輪ヨシユキ
各定価:748円(10%税込)
原作:風波しのぎ 漫画:三輪ヨシユキ
THE NEW GATE
ザ・ニュー・ゲート
1
デスゲームから500年後のゲーム異世界へ
絶対覇者降臨
新たなる無双伝説開幕!!
シリーズ累計15万部!
大人気ファンタジー待望のコミカライズ!
各定価:1320円(10%税込)
1~22巻好評発売中!
illustration:魔界の住民(1~9巻)
KeG(10~11巻)
晩杯あきら(12巻~)
アルファポリスHPにて大好評連載中
アルファポリス 漫画
検索

現代日本のようでいて、普通に「ダンジョン」が存在する、ちょっと不思議な世界線にて——。いまや世界中で、ダンジョン配信が空前絶後の大ブーム！　配信者として成功すれば、金も、地位も、名誉もすべてが手に入る！　……のだが、普通の高校生・神木拓也は配信者としての才能が絶望的になく、彼の放送はいつも過疎っていた。その日もいつものように撮影していたところ、超人気美少女インフルエンサーがモンスターに襲われているのに遭遇。助けに入るとその様子は配信されていて……突如バズってしまった!?　それから神木の日常は大激変！　世界中から注目の的となった彼の、ちょっぴりお騒がせでちょっぴりエモい、ドタバタ配信者ライフが始まる！

◉定価：1320円（10%税込）　◉ISBN 978-4-434-33330-9　◉illustration：タカノ

迷宮都市の
錬金薬師
覚醒スキル【製薬】で
今度こそ幸せに暮らします!

迷宮都市の
錬金薬師
覚醒スキル【製薬】で
今度こそ幸せに暮らします!
織部ソマリ
Oribe Somari
アルファポリス
前世がスライムだった僕、
古代文明の
絶滅スキルが覚醒!?
前世では普通に作っていたポーションが、今世では超チート級って本当ですか!?

～子狼に
気に入られた男の
転移物語～
拾ったものは大切にしましょう
著 ぽん
PON
異世界で
狼と双子
拾いました。
アルファポリス
人気ランキング
第1位
※期間：2020年3月～4月

～子狼に気に入られた男の転移物語～
拾ったものは大切にしましょう
著 ぽん
人気ランキング
第1位
異世界で
狼と双子
拾いました。
アルファポリス
ぼっちの狼と孤児の双子と一緒に幸せな冒険者生活を送ります！

この作品に対する皆様のご意見・ご感想をお待ちしております。

おハガキ・お手紙は以下の宛先にお送りください。

【宛先】

〒150-6019 東京都渋谷区恵比寿 4-20-3 恵比寿ｶﾞｰﾃﾞﾝﾌﾟﾚｲｽﾀﾜｰ 19F
（株）アルファポリス　書籍感想係

メールフォームでのご意見・ご感想は右のＱＲコードから、
あるいは以下のワードで検索をかけてください。

アルファポリス　書籍の感想　検索

ご感想はこちらから

本書はWebサイト「アルファポリス」（https://www.alphapolis.co.jp/）に投稿されたものを、改題、改稿、加筆のうえ、書籍化したものです。

1×∞《ワンバイエイト》　経験《けいけん》値《ち》1《いち》でレベルアップする俺《おれ》は、最速《さいそく》で異《い》世《せ》界《かい》最強《さいきょう》になりました！ 3

マツヤマユタカ

2024年 1月30日初版発行

編集－加藤純・宮坂剛
編集長－太田鉄平
発行者－梶本雄介
発行所－株式会社アルファポリス
〒150-6019 東京都渋谷区恵比寿4-20-3 恵比寿ｶﾞｰﾃﾞﾝﾌﾟﾚｲｽﾀﾜｰ19F
TEL 03-6277-1601（営業） 03-6277-1602（編集）
URL https://www.alphapolis.co.jp/
発売元－株式会社星雲社（共同出版社・流通責任出版社）
〒112-0005 東京都文京区水道1-3-30
TEL 03-3868-3275
装丁・本文イラスト－藍飴
装丁デザイン－AFTERGLOW
印刷－中央精版印刷株式会社

価格はカバーに表示されてあります。

落丁乱丁の場合はアルファポリスまでご連絡ください。

送料は小社負担でお取り替えします。


ISBN978-4-434-33331-6 C0093